W0330004

Naomi Wood

Dino Moms

Roman

Aus dem Englischen
von Gesine Schröder

NAGEL UND KIMCHE

Die Originalausgabe erschien unter dem Titel
This is why we can't have nice things
bei Orion Publishing Group, London.

1. Auflage 2024
© 2024 by Naomi Wood
Deutsche Erstausgabe
© 2024 für die deutschsprachige Ausgabe
Nagel und Kimche in der
Verlagsgruppe HarperCollins Deutschland GmbH, Hamburg
Gesetzt aus der Centennial
von GGP Media GmbH, Pößneck
Druck und Bindung von CPI books GmbH, Leck
Printed in Germany
ISBN 978-3-312-01337-1
www.harpercollins.de

Druckprodukt mit finanziellem
Klimabeitrag
ClimatePartner.com/15109-2009-1001

MIX
Papier
FSC FSC® C083411

für
Cathryn Summerhayes und Francesca Main – danke

Lesley in Therapie

Obwohl die Geburten ihrer Babys weit auseinanderlagen, kamen Lesley und Irina beide zur selben Zeit aus der Elternzeit zurück: Irina hatte das Kontingent ausgeschöpft und Urlaub drangehängt, aber Lesley hatte vorzeitig abgebrochen. Deshalb landeten sie am selben Tag in der Gruppentherapie für wiederkehrende Eltern, was für Lesley das schlimmstmögliche Szenario war, denn wer wollte schon mit einer in die Mom-Zone entschwundenen früheren Freundin in Gruppentherapie sein? Außerdem wusste Irina Sachen über Lesley, die niemand sonst wissen durfte.

Das Timing war lausig. Am Nachmittag sollte Lesley Jerry ihr neues Spiel pitchen, und die GT (wie die erfahrenen Mütter im Haus sie nannten) würde den gesamten Vormittag dauern. Normalerweise wäre sie davon ausgegangen, dass sie gute Chancen hatte, für ihr Spiel grünes Licht zu bekommen, aber sie war in einen gesättigten Markt zurückgekehrt, in ein wirtschaftliches Tief, mit Stellenabbau am Horizont. Überraschend eigentlich, dass die GT noch lief – aber so machtvoll war eben Rise, die Initiative für Chancengleichheit, deren Fördergeldzahlungen an Videospielhersteller von solchen Trainings abhing.

Im sechsten Stock von IX Games stieg Lesley aus dem Fahrstuhl. Dort war eine Finanzabteilung, irgendwas

Unspannendes – Auftragsvergabe vielleicht? Jedenfalls viele Männer. Zum Beratungsraum ging es durch einen Vorflur, und in den Teppich – maulwurffarben und pelzig – sanken ihre Schichtabsätze ein. Irina war schon da, und Li Jing, die auf ihr Telefon starrte. Sie waren alle frischgebackene Mütter.

Irina lächelte, als sich Lesley setzte. Seitdem sie beide zurück waren, versuchte Irina ihre Freundschaft wieder aufzuwärmen. »Witzig, dass wir am selben Tag hier sind«, sagte Irina.

»Yep.«

»Wie geht's dem kleinen Max?«

»Ganz gut«, sagte Lesley.

»Ist er im Little Jungle?«

Lesley nickte. »Und Zeppe?«

»Bei meiner Mum.«

»Schön, wenn die Verwandtschaft mitmacht«, sagte Lesley und wandte sich ab.

Der Raum wirkte bieder, besonders für so ein Hightechgebäude wie IX. Die Atmosphäre glich der eines Wartezimmers oder eines Vorraums zur Leichenhalle; gepolsterte Stühle, gravierte Plastikschilder, auf dem Tisch ein Teller Kekse, die wie dunkle regungslose Handys aussahen. Vielleicht, dachte Lesley und prüfte die Luft auf das Zitrus-Aerosol, das sie an der Highschool auf den Toiletten geschnüffelt hatte, waren sie im Pausenraum für die Putzkräfte? Sie hörte ein Geräusch, wahrscheinlich von der Heizung. Eine leise Zersetzung. Lesley fragte sich, warum sie nicht einen der Meetingräume benutzten – aber die hatten Glasfronten, und womöglich würde es Tränen geben, Regulationsstörungen, Gefühle.

Zufrieden stellte sie fest, dass sie von allen anwesenden Frauen am gepflegtesten aussah.

Es war merkwürdig, dass die Therapeutin spät dran war. Lesley war oft zu spät zu Christina gekommen, einer ernsten Psychoanalytikerin der alten Schule. Trotz der fünfundsiebzig Pfund pro Stunde hatte Lesley die Termine sanft, aber bestimmt sabotiert. Inzwischen hatte sie längst ihr persönliches Wachstum aufgegeben, um die Kinderbetreuungskosten zu stemmen. Little Jungle war nicht gerade billig.

Li Jings Handy gab *Woosh*-Geräusche von sich. Sie hatte weder gegrüßt noch aufgeblickt, als Lesley hereinkam, und Lesley fragte sich, ob sie auch keine Lust auf das Ganze hatte. »Weißt du, wie lange das hier dauert?«, fragte Lesley sie, aber dann kam die Therapeutin.

»Hallo allerseits! Ich bin Tina«, sagte sie, gab ihnen die Hand und entschuldigte sich mit einer steckengebliebenen Bahn in Moorgate. Tinas Haut hatte etwas Seidiges, Pudriges an sich, wie Latex. Unter dem Halstuch trug sie ein tief ausgeschnittenes Top, was ihr zusammen mit dem geglätteten blonden Haar die Ausstrahlung einer sexy Late-Night-Moderatorin gab.

Tina bat die Frauen, ihre Namen auf Schilder zu schreiben.

Lesley schrieb »Les«, was den Leuten immer im Hals steckenblieb.

»Okay!«, sagte Tina mit einem Blick in die Runde. »Ziemlich viele von euch haben dieses Jahr Kinder bekommen.« Dann ging es eine Weile um Vertraulichkeit, einen Safe Space, den Ablauf der GT, bla, bla, bla, bis sie ohne Vorwarnung anfing.

»Welche Ängste verbindet ihr mit eurem Wiedereinstieg in die Arbeit?«, fragte Tina.

Li Jing sagte, sie habe Angst, ihr Pensum nicht zu schaffen, und Irina, ihr würde die Verbindung zu ihrem Baby fehlen, das sie noch stillte. Zeppe sei vierzehn Monate alt, fügte sie hinzu, und habe angefangen zu beißen.

Wohl eher ein Kleinkind, hätte Lesley am liebsten gesagt.

Tina wandte sich ihr zu. »Les?« Tina hatte diese makellos großzügige Art, die Lesley für ein sicheres Indiz für internalisierte Ängste hielt.

Lesley erfand etwas von Rückenproblemen und einem unergonomischen Bürostuhl.

»Super«, sagte Tina, obwohl sie sichtlich enttäuscht war. »Manchmal müssen wir uns klarmachen, wo wir herkommen, um zu begreifen, wer wir sind. Mag eine von euch ihre Geburtsgeschichte mit uns teilen?«

Irina erzählte als Erste, aber Lesley kannte das alles und hörte weg. Geburtsgeschichten hatten sie und ihr Mann schon in einer Elterngruppe des National Childbirth Trust gehört, aus der sie schnell wieder ausgetreten waren. Die anderen Paare waren unerträglich gewesen, gefühlsduselig und dominant zugleich; Charlie hatte ihr zugestimmt, dass sie da wieder rausmussten, und zwar pronto. Dem Gruppenleiter hatten sie gesagt, sie wollten sich in London eine Gruppe suchen, in der mehr Amerikaner waren, aber sie gestanden einander ein, dass sie die Emotionalität der Gruppe unerträglich fanden.

Li Jing – die sich bereitwilliger beteiligte, als es Lesley erwartet hatte – bot eine knappe Synopse ihrer ersten

Kindsgeburt, die mit einem Plädoyer für einen geplanten Kaiserschnitt beim zweiten Mal geendet hatte; sie hatte der Hebamme eine selbst laminierte Kopie der NICE-Behandlungsrichtlinien unter die Nase gehalten. Li Jing machte eine schneidende Geste auf Hüfthöhe, und dann tat sie so, als würde sie einen Eimer auskippen. Sollte das das Baby sein? »Wir denken immer, die Hebammen stehen auf unserer Seite, aber das stimmt nicht«, sagte Li Jing. »Sie spielen den Schmerz herunter, als wäre es *gar nichts*.«

Lesley dachte an ihre eigene Hebamme, Sandra, die sehr gut zu ihr gewesen war, nachdem Max sie von vorn bis hinten mittendurch gerissen hatte. Nach der Geburt hatte sie ihn deshalb nicht tragen können. Ein Baby bekommen und es dann nicht tragen können! Der Gedanke machte Lesley so traurig.

»Les?«

Sie spürte, dass Tina an sie herankommen wollte; auch Irina beugte sich in einer Haltung des aktiven Zuhörens vor. Es glich einem Spiel, das Lesley entwickeln könnte: Katze, Maus; Belohnung, Falle. »Nein«, sagte Lesley. »Nein danke.«

Lesley beteiligte sich wenig und nur auf Nachfrage. Eine Stunde verstrich. Das Gespräch müffelte zunehmend nach Körpern und Kindern, und Lesley musste sich auf ihre Hände setzen wie in der Elterngruppe des National Childbirth Trust.

Bald begann Irina zu weinen. Sie war früher so cool gewesen, Lesleys Saufkumpanin, ihre Bürogenossin und Lästerfreundin auf WhatsApp, und jetzt wurde Irina fast komplett von ihrer Mutterrolle absorbiert. »Wisst ihr, manchmal«, sagte sie, ein Taschentuch in der Hand, das Gesicht kummervoll zerknüllt, »liege ich nachts neben Zeppe wach. Mein Mann sagt mir, ich soll *rein*gehen und dann wieder *raus*, aber wenn Zeppe nach mir ruft, *Mama, Mama*, dann muss ich ihn einfach in den Arm nehmen. Manchmal klettere ich sogar ins Gitterbett und schlafe dort ein. Am nächsten Morgen bin ich dermaßen kaputt, und ich weiß wirklich nicht«, Irina wies mit einer ausladenden Geste auf die Polstermöbel, »wie ich mich jemals in meiner neuen Rolle zurechtfinden soll.«

Deshalb hatten sie sich vor ein paar Monaten zerstritten; mit einer Diskussion über Zeppes Nachtschlaf hatte es angefangen.

»Du brauchst dich nicht dafür zu schämen, dass du deinem Baby gibst, was es braucht«, sagte Tina. »Säuglinge kann man gar nicht verwöhnen.«

Irina hatte rote Wangen und verquollene Augen. »Mein Mann sagt, dass wir Schlaf brauchen. Dass Zeppe nachts keine Mahlzeit *braucht*. Aber was soll ich denn machen? Ich kann mein Kind nicht einfach ignorieren!«

»Du könntest schon«, sagte Lesley.

Irina schaute sie an, als müsste Lesley es besser wissen, und Lesley wusste es vielleicht auch tatsächlich besser, konnte sich aber nicht beherrschen.

Tina redete, und Lesley sah sich um. Hier saßen sie nun. All ihre Körper hatten Kinder auf die Welt gebracht: bläulich, blutig, mit diesem funkigen Eisengeruch auf der verschmierten Haut. Das war das Einzige, das sie miteinander verband. Und was hieß das schon? Sie hatten geboren, na und?

Während Irina immer lauter schluchzte, fragte sich

Lesley, wie man das Gespräch auf Arbeitnehmerinnenrechte lenken könnte. Jerry hatte ihr sämtliche Stunden mit Kundenterminen gefüllt, obwohl Rise vorsah, dass wiedereingegliederte Eltern bei achtzig Prozent anfingen und schrittweise auf hundert hochfuhren. Mit achtzig Prozent bliebe ihr mehr Zeit für die Spieleentwicklung.

»Kann das so stimmen?«, fragte sie und unterbrach Irina vermutlich im ungünstigsten Moment, nach den Blicken zu urteilen, die sie kassierte. »Nach dem Rise-Modell sollte ich bei achtzig Prozent Kundenkontakten sein. Mein Boss meint, das wäre ich auch, aber ich war vor der Elternzeit dermaßen überlastet, dass ich jetzt in Wahrheit auf hundert Prozent bin.«

»Mit den Regelungen in eurem Unternehmen kenne ich mich nicht aus«, sagte Tina. »Konzentrieren wir uns doch darauf, wie eure *Gefühle* euch …«

»Rise bedeutet gar nichts«, sagte Li Jing und zermalmte einen der Kekse. »Das Programm sieht auch vor, dass Männer Elternzeit nehmen, also, du siehst ja … ha-ha. Wer ist dein Vorgesetzter?«

»Jerry.«

»Na dann viel Glück.«

»Entschuldigung, was ist denn Rise?«, fragte Tina.

»Rise ist ein Programm für Gendergerechtigkeit und Chancengleichheit«, sagte Li Jing. »Aber es ist totale Augenwischerei.«

»Wieso?«

Li Jing wischte sich Krümel aus den Mundwinkeln. »Die wollen nicht, dass man wirklich einfordert, was sie einem versprechen. Und jetzt ist definitiv nicht der beste Zeitpunkt, um anzuecken.«

Tina schaute auf die Uhr. »Okay, Mums, konzentrieren wir uns auf das Hier und Jetzt und auf das, was wir ändern *können*.« Sie verteilte kleine Whiteboards und Marker. »Nach der Elternzeit wieder zu arbeiten kann schön oder schwierig sein. Man kann nichts falsch machen dabei.« Sie bat die Frauen, vier Wörter auszusuchen, die wertfrei und unzensiert ihre Elternzeit beschrieben. Lesley starrte stumm auf ihr Whiteboard und die darin verborgenen Geister der Unternehmersprache. Sie hatte zwei respektable postpartale Depressionen hinter sich, und nach Max hatte Sandra sie mühelos überzeugt, früher als geplant wiedereinzusteigen.

Lesley hatte ihre Wahrheit gelernt: Arbeit ist die Rettung.

Sie spürte Tinas Blick auf ihr leeres Whiteboard. »Les, wie lief das Bonding mit deinem Baby deiner Meinung nach?«

»Bestens.«

Irina hatte immer noch feuchte Augen, oder kamen ihr schon wieder die Tränen, vor Mitleid? Lesley hatte Irina von den Depressionen erzählt, von ihrer Unfähigkeit, die Liebe zu ihrem Kind zu spüren, die sie sich wünschte und die aus ihrer Freundin so mühelos hervorgeströmt war. Lesley war es bei beiden Kindern schwergefallen. Charlie sagte, sie sei zu streng mit sich, aber sie hatte überhaupt kein Talent für das alles, und sie wusste, dass er manchmal nur so tat, als wäre er pessimistisch, damit sie sich normal fühlte.

»Es muss sehr schwer sein, sowohl eine Familie zu wollen als auch eine Karriere.«

»Yep«, sagte Lesley.

»Lesley, ich glaube, Tina versucht nur rauszufinden, ob da irgendetwas …«

»Es sind nur Babys, okay? Keine Ufos«, sagte Lesley. Sie drückte sich die Stiftkappe gegen das Augenlid. »Das war kein Trauma. Wir haben keine PTBS. Wir sind nicht von der Front zurück. Wir sind keine Geflüchteten oder so was. Wir haben bloß Kinder bekommen.«

»Es kann auch eine Reaktion auf ein Trauma sein …«

»Nein, ich …«

»… dem Schmerz auszuweichen, die Erinnerung an die Geburt zu verdrängen.«

»Nein«, sagte Lesley. Sie schrie es fast. »Ich wollte nur …«

»Weil ein Trauma sich nicht *in* der Sprache ereignet«, sagte Tina, »kann es nicht *durch* Sprache zum Ausdruck kommen.«

Lesley sah sich – auch von außerhalb der Sprache – dabei zu, wie sie Tina den Whiteboardmarker, so fest sie konnte, an den Kopf warf. Er prallte an ihrer Stirn ab und fiel auf den Nylonteppich.

»Ich wollte bloß wieder zur Arbeit, okay! Mehr nicht!«

»O mein Gott«, sagte Li Jing nach einer Weile. »Du hast gerade die Therapeutin abgeworfen.«

Irina war sichtlich entsetzt, aber Lesley fühlte sich glänzend.

Tina brauchte eine Weile. Bis auf das Gewinsel der nicht entlüfteten Heizung war es still. Wo der Marker sie getroffen hatte, war eine rote Stelle.

»Würdest du den Stift bitte wieder aufheben, Les?«

Lesley erhob sich würdevoll. Sie holte den Marker zurück und setzte sich auf ihren Platz.

Tina zupfte ihr Top zurecht und atmete durch. »Ich würde jetzt die Emotionalität gern ein wenig zurücknehmen, wenn das okay ist. Schließt bitte alle die Augen. Versuchen wir es mit einer angeleiteten Meditation, ja? Ich möchte, dass wir alle an unsere Babys denken und sie ohne Schuldgefühle in die Präsenz hereinholen. Darf ich euch bitten, das einmal zu versuchen?«

Lesley gefiel ihre Wut, und sie hatte wenig Lust, sie zurückzunehmen, aber sie wusste auch nicht, was sie sonst tun sollte.

»Und jetzt stellt ihr euch anstelle eures Babys ein goldenes Licht vor.«

Lesley versuchte, Max in Gedanken durch ein goldenes Licht zu ersetzen, aber er war zu schwer für die imaginäre Kugel, und schon öffnete sie die Augen und fragte sich wieder, wo zur Hölle sie hier gelandet waren. Dieser Raum ergab keinen Sinn: eine braune Höhle in einem der modernsten Gebäude Londons. Sie dachte an den Song aus *Frozen II*, als Anna sich in der Höhle traurig und einsam fühlt, weil alle weg sind, alle tot. Lesleys Tochter Emily sang ihn ständig. Wie ging er noch gleich?

»Und jetzt lasst ihr dieses Licht wachsen, bis es euch ausfüllt«, sagte Tina. »Bis es überläuft und die Wände berührt.«

Lesley hatte den Film tausendmal gesehen. Dieser billige Verzweiflungssong brachte sie jedes Mal zum Weinen, und wenn Prinzessin Anna ohne Elsa durch die Dunkelheit wankte, ohne Kristoff, sogar ohne Olaf, dann dachte sie immer dasselbe: Diese Höhle kenne ich; diese entsetzliche Höhle.

Anstatt der Hitze, der Wut, erfüllte sie jetzt Trauer. Hier saß sie nun also: die alte Lesley mit ihren Schmerzen.

Weinen kam nicht infrage. Das hätte Tina begeistert. Stattdessen begannen ihre Brüste zu spannen, und ihr BH wurde nass. »Oh, shit.« Sie drückte die Hände darauf. »Ich wollte nicht stören. Ehrlich nicht.«

Die anderen Frauen beäugten sie argwöhnisch, bis sie die zwei dunklen Kreise aus Milch auf ihrem Kleid bemerkten. Li Jing kramte zwei Stilleinlagen aus ihrer Handtasche. »Hier. Nimm die«, sagte sie leise, als hätte Tinas ionisierende Fürsorge auch sie bezähmt.

»Manchmal sehnt sich dein Körper nach deinem Baby, und du weißt es hier oben nicht mal«, sagte Tina und tippte sich an die Stirn, wo der Marker sie getroffen hatte.

»Mh-hm«, sagte Lesley.

Hätte sie sich durch die Therapie nicht besser fühlen sollen, optimierter? Warum ging es ihr dann so beschissen? Die elegische Heizung war verstummt. »Sorry, kannst du mir sagen, was das für ein Raum ist?«

»Der Raum?«

»Ich meine, wo zur Hölle sind wir?«

»*Bitte*, Les«, sagte Tina und verlor endlich die Nerven. »Lässt du uns *bitte* einfach weitermachen?«

Aber Lesley beobachtete sie die ganze Meditation über und fragte sich, was Tina wohl in Rechnung stellte.

Zur Arbeit zurückzukehren war eine sinnliche Erfahrung gewesen. Der erste Tag hatte sich für Lesley angefühlt, als wäre sie zum Atmen aufgetaucht. Sie hatte erlebt, wie manche der anderen Frauen – sogar die kurzlebige CEO vor ein paar Jahren – als angeschossene Spitfires ihre Jobs wieder angetreten hatten: eine Gefahr für sich selbst und andere. Lesley wollte es anders machen. Sie trug skandinavische Maßanfertigungen, zog sich den Lidstrich mit Liquid Liner, machte sich die Nägel mit dunkelgrauem Schellack. Bei der Arbeit fühlte sie sich reintegriert. An ihrem Mac klebten Fotos von beiden Kindern: eins von Max (in der Sandra-Pose) und eins von einer glücklichen Emily auf der Schaukel. Bei dem Bild dachte sie immer etwas erstaunt, dass sie das auch einmal gewesen war, ein entspannt einfallsreiches und vollkommen intaktes Mädchen; eine kleine Persönlichkeit, der noch niemand etwas weggenommen hatte.

Wegen ihrer Antworten auf die Fragen zur geistigen Gesundheit im Anamnesebogen war Sandra nach Max' Geburt wochenlang geblieben und hatte still aufgepasst, dass Lesley nicht zusammenklappte. Charlie mochte Sandra. Lesley mochte Sandra. Sandra, eine Jamaikanerin um die sechzig mit grauem Haar an den Schläfen, war bei allen beliebt, ganz besonders weil Max zu weinen aufhörte, wenn sie zu Besuch kam. Sandra hatte eine besondere Art, Babys zu halten, das Rückgrat am Arm entlang, den Kopf in ihrer Hand, und das beruhigte ihn immer. Selbst Max, der so schwer war, konnte sie so halten.

(Nach diesem Foto hatte Sandra diskret ein Kreuz geschlagen, und Lesley hatte ihr mit Tränen in den Augen stumm gedankt, denn vielleicht würde sie damit den Schutz vor der eigenen Mutter auf ihn herabbeschwören, den er so dringend brauchte.)

Manche Kollegen hatten sich erkundigt, ob alles in Ordnung sei, weil sie früher als geplant zurückkam. Lesley sagte, sie habe sich gelangweilt.

Tina und Christina – der gleiche Name! – hätten ihren Bindungsstil als sehr ambivalent beschrieben, aber Sandra, eine Frau, die buchstäblich ihr ganzes Leben mit Babys verbrachte, hatte zu Lesley gesagt, sie sei besser im Büro aufgehoben anstatt darüber zu fantasieren, ihrem Kind auf dem Küchentresen den Schädel zu brechen. »Keine Sorge«, hatte sie gesagt. »Jede Frau fantasiert irgendwann mal darüber, ihr Kind umzubringen.«

Nach der GT setzte sich Lesley an ihren Schreibtisch. Sie öffnete den letzten Build von *Air*, ihrem neuen Spiel. Die zentrale Grafik, eine Kugel, war bitmapgrün. Behutsam vergrößerte sie die Kugel etwas. In der Kunsthochschule hatte sie etwas über die menschliche Wahrnehmung von räumlicher Tiefe und Schattierungen gelernt: Wenn eine Animation »flach« aussah, wurden ihr jegliche moralische Fähigkeiten abgesprochen. Die zentrale Herausforderung des Spiels lag darin, die Kugel groß genug werden zu lassen, dass sie schwebte, aber kompakt genug, dass sie sich zwischen Gebäuden hindurchbewegen konnte. Lesley schaltete die Stadtlandschaft dazu. Jetzt musste man die Kugel um die Hochhäuser und Menschenmassen lotsen, ohne dass sie etwas davon berührte.

Sie spielte damit herum, dann schrieb sie Charlie, sie habe sich bei der Arbeit danebenbenommen, aber er antwortete nicht. Charlie entwickelte für eine Anlagebank mathematische Modelle. Babys, sagte er, würden völlig unbrauchbare Daten liefern, weil sie nie freiwillig lange bei einem Verhaltensmuster blieben. Er hatte immer viel zu tun, und sein Arbeitsleben hatte sich durch Emily und Max kaum verändert.

Sie wandte sich wieder dem Spiel zu. Kein Narrativ, keine Levels: *Air* war Tend-and-Befriend in Reinkultur. Die Oberfläche der Kugel hatte eine leichte hautartige Elastizität. Selbst in der Betaversion gab das Spiel Lesley das angenehme Gefühl, nicht verfügbar zu sein, das besonders Gamerinnen sicher lieben würden, wenn sie nur Jerry und den Rest der Geschäftsführung dazu bringen konnte, dass sie ihr ein Team zuteilten. Was Menschen sich wirklich wünschten, dachte sie, war Abwesenheit. Nachzudenken machte nur unglücklich. Nicht denken zu müssen war erstaunlich lustvoll. Das Geheimnis der Handys bestand darin, dass sie im Grunde tantrisch waren. Ihr neues Spiel gab den Nutzern, um es in der Sprache des Kindergartens zu sagen, ein Mittel zur Selbstberuhigung an die Hand. Es war vielleicht ein bisschen seltsam, aber normalerweise konnte sie Jerry auf ihre Seite ziehen. Er hatte sie oft seinen Ideenspringbrunnen genannt.

Seit ihrer zweiten Elternzeit wirkte Jerry ein bisschen distanzierter. Manchmal hatte er diesen Blick drauf, wenn er bei ihr vorbeikam, nach dem Motto: Wo ist meine alte Reckin?! Wo ist mein Springbrunnen geblieben?! Wie hieß noch die Redensart – ein Kind ist ein Hobby, zwei sind wie drei?

Jerrys Kind – Carla? Carlo? – ging auch in den Little Jungle, aber Carl(a/o) war immer seelenruhig, während Max, wie seine Bezugspersonen sagten, oft unkontrollierbar weinte. Aber Carlas/Carlos Verhalten, sagte Lesley sich, war vielleicht das eines zukünftigen Psychopathen. Sie hatte sich die »Strange Situation« auf YouTube angesehen, und Kinder, die ohne einen Blick zurück in den Kindergarten tappten, konnten genauso gut Jahre später ihre Eltern in den Betten ermorden.

Oft lud sie Max weinend auf dem schwammigen Bodenbelag ab. Sie hielt es für falsch, ihn so zurückzulassen, aber in ihrer Eile auf dem Weg zur Arbeit fand sie nie jemanden, dem sie ihn in die Hand drücken konnte.

Als sie den Vertical Slice für das Meeting fertigstellte, fielen ihr zwei Ringe auf, die die Muttermilch auf ihrem Kleid hinterlassen hatte. Schon komisch, dass sie seit Wochen nicht mehr stillte, und ausgerechnet jetzt beschloss ihr Körper, sie zu verraten. Ebenso seltsam, dass sie Tina einen Stift an den Kopf geworfen und sich im Angesicht von Tinas alles verschlingender Empathie nicht einmal dafür entschuldigt hatte.

Lesley gönnte sich ein Mittagessen im Benoit's. Attraktive Menschen saßen an den Außentischen, brachen in Papier eingewickelte Grissini und tranken große Gläser Rotwein. Benoit servierte Lesley Wasser. *»Signora«*, sagte er, aber ironisch, denn das war seine Masche für andere Kundinnen, nicht sie.

Benoit war Senegalese, gut aussehend und hochgewachsen; ein Grandseigneur der Charlotte Street und von einer Gründlichkeit, die Lesley immer bewundert hatte. Einen Moment wollte sie seine Hand nehmen, ließ es aber bleiben. Sie bestellte einen Meeresfrüchteteller.

Um sie herum drängten sich die üblichen Mittagsgäste an die mit Tischdecken eingedeckten Plätze der Restaurants und Cafés. Die Businessleute waren alle so weiß, dass es fast schon präkolonial aussah.

Oft war Lesley mit Irina für einen weinseligen Lunch ins Benoit's gegangen, bis sie sich per Textnachricht zerstritten hatten. Irina hatte sich über Zeppes Schlafverhalten beklagt, und Lesley hatte ihr – zumal Zeppe sie seit Ewigkeiten quälte – vom »kontrollierten Weinenlassen« erzählt, bei dem man dem Baby nach und nach seine Unterstützung entziehen sollte. Bei Max hatte das wunderbar funktioniert, aber Irina war wütend geworden. Nachdem sie erst ihrem Kummer über Lesleys elterliche Verfehlungen in durch Absätze unterteilten Nachrichten Ausdruck verliehen hatte, bei denen Lesley auf »Mehr lesen« klicken musste, um sie ganz zu sehen, war Irina verstummt, und Charlie hatte Lesley davor zurückhalten müssen, mit allem zu antworten, was ihr durch den Kopf ging. Eine Zeit lang hatten Irina und sie kein Wort miteinander gewechselt, aber jetzt, wo sie wieder arbeiteten, gab sie sich alle Mühe.

Für Lesley waren sie beide nicht der Typ Frau, der sich über Schlaftrainingsmethoden zerstreiten würde. Sie fand das nicht wichtig genug, aber Irina offenbar schon. Charlie sagte gern, dass Kinder ihre Eltern in Menschen verwandelten, die sie früher gehasst hätten. Lesley fragte sich, ob sie sich mit mehr Therapiestunden die zweite Wochenbettdepression hätte ersparen können, denn auf dieses Rodeo hätte sie gerne verzichtet. Hätte sie sich mehr Mühe gegeben, dachte sie, vielleicht hätte sie es dann verhindern können.

»Wo ist Ihre Freundin?«, fragte Benoit, als er ihr die Antipasti hinstellte. »Die Italienerin?«

»Rumänin. Bei der Arbeit.«

»Und wie geht's Ihrem Kleinen?«

»Er ist sehr süß.«

Plötzlich sahen die Meeresfrüchte erschreckend tot aus, wie ein niederländisches Stillleben; ein Gewirr aus Kraken, seidigen Fischen, ängstlich grinsenden Shrimps.

»Hier.« Sie zeigte ihm auf dem Handy ein Foto. Er lächelte über den Anblick von Max, sah aber hauptsächlich sie an. »Sie sind wieder schlank. Ihr Bauch war sehr groß!«

Benoit, dachte sie, Benoit, und wieder überkam sie das Gefühl, dass sie ihm etwas erzählen wollte. Aber Benoit war schon einen Tisch weiter, und überhaupt, was hätte sie sagen sollen? Nach Max' Geburt wollte ich nur noch sterben? Oder schlimmer: Ich wollte mein eigenes Baby töten? Das konnte sie einem Fremden nicht erzählen. Sie hatte es nicht einmal Charlie gestanden; nur Sandra. Ihr Blick fiel auf ihre große offene Tasche auf dem Boden. Einen Moment lang glaubte sie, Max darin zu sehen, aber dann blinzelte sie, und er war verschwunden. Sie musste daran denken, was Tina gesagt hatte: Man konnte sich nach seinem Baby sehnen, ohne es zu wissen.

Endlich antwortete Charlie und fragte, was passiert sei. Sie berichtete von der Therapeutin und dem Whiteboardmarker und seiner parabolischen Flugbahn, und er schickte ihr das Emoji mit dem Affen, der sich die Augen zuhält. »Sie hatte es bestimmt verdient«, schrieb er, und sie fragte sich, ob es gut war, dass er sich immer auf ihre Seite stellte, aber sie holte sich ihren Rückhalt, wo sie ihn kriegen konnte.

Die Meeresfrüchte waren so essigsauer, dass ihr der Mund wehtat; sie fühlte sich sexy beim Essen. Vielleicht würde jemand sie abschleppen, ihr eine Hoteltürkarte neben den Teller legen. Einmal war ihr das passiert, lange vor Charlie und den Kindern. Spätabends war das gewesen, nach der Arbeit, als alle betrunken waren. Sie hatte in einem verspiegelten Zimmer mit einem irgendwie einschüchternden griechischen Geschäftsmann irren Sex gehabt. Das Bettzeug hatte hinterher widerlicher ausgesehen als das, auf dem sie ihre Kinder geboren hatte; voller steif gewordener Spermaflecken von einem Mann, dessen Name ihr jetzt, als sie sich einen silbernen Anchovi-Pfeil auf die Zunge legte, nicht mehr einfallen wollte. »Was machst du bloß mit mir?«, hatte er im Dunkeln des Hotels gefragt. Jahre später stellte Sandra Max fast dieselbe Frage: »Was machst du bloß mit deiner armen Mum?«

Am Nachmittag ließen Jerry und die anderen sie warten. Das war kein Problem; das war Standard. Durch die Glaswand sah sie Jerry mit CFO-Steve reden, der so hieß, weil es in der Geschäftsführung noch zwei weitere weiße Steves gab. Das Sitzungszimmer war mit Mahagoni ausgestattet, dazu Stahlrohrstühle und schwarze Polster.

Jerry kleidete sich immer so lässig: Hoodies mit offenem Reißverschluss, fleckige Trainingshosen; manchmal roch er komisch. Vor langer Zeit hatte Lesley ihn gemocht, aber seitdem er Vater geworden war, fand sie ihn unausstehlich. Er war, wie Irina berichtet hatte, zur Gruppentherapie gegangen, obwohl er überhaupt keine Elternzeit genommen hatte. Wenn sie beide ihre Kinder bei den kleinen Ryes, den Rivers und den Jungs namens Atlas im Little Jungle abgaben, streifte er sie mit einem harten Grinsen, und ihr war klar, was dieses Grinsen bedeutete: *Ich weiß, dass du das hier aus Charlies Tasche zahlst*. Dann verschwand er schnellstens, damit sie nicht im selben U-Bahn-Waggon zur Arbeit fahren mussten.

Endlich winkte Jerry sie herein.

»Hey, Jerry. Hi alle zusammen.« Sie loggte sich in den Präsentationsrechner ein, und die Männer weckten ihre iPads.

Lesley öffnete den Build, und sobald die Kugel sich aufdehnte, legte sich ihre Nervosität, und sie spürte diese vertraute Verquickung von Schönheit und Trauer, die ihre Wurzeln irgendwo im achtzehnten Jahrhundert hatte. Das Erhabene? Kant? Als sie anfangen wollte, klopfte es.

»Sorry, dass ich spät dran bin.«

Lesley blickte auf: Irina. Was machte Irina hier? Lesleys Herz raste. Wollte sie der Geschäftsführung erzählen, dass Lesley die Therapeutin angegriffen hatte? Dass sie ganz oben auf die Abschussliste gehörte? Aber Irina setzte sich nahe am Fenster auf einen Platz und holte ihr Notepad raus. So fröhlich, wie sie sonst immer war – jetzt lächelte sie nicht.

Jerry hatte Lesleys Verwirrung offenbar bemerkt. »Irina ist jetzt in der Geschäftsführung. Wusstest du das nicht?«

»Nein«, sagte Lesley und versuchte, Wärme in ihren Ton zu träufeln. »Meinen Glückwunsch.«

»Danke«, sagte Irina, ohne sie anzusehen.

»Irina kümmert sich um Produktmanagement und Personal.«

»Verstehe«, sagte Lesley. »Alles klar.«

»Seid ihr Mädels jetzt tiefengechillt nach der GT?«, fragte Jerry.

»Es war kathartisch«, sagte Lesley; sie preschte vor, ehe Irina antworten konnte. »Ich fang mal an«, schob sie nach. Plötzlich wollte sie das alles hier hinter sich bringen. Sie startete die Demoversion und begann, die Kugel zwischen den Hochhäusern hindurchzubewegen.

»Also, was ist die zentrale Loop?«

»Die Spannung liegt in der Frage: Wie groß kann man die Kugel werden lassen, ohne sie zu gefährden?«

»Platzt sie«, fragte Irina, »wenn sie irgendwo anstößt?«

»Nein. Stellt es euch eher wie einen Flugsimulator vor.«

»Wird es nicht schwieriger? Gibt es keine Level?«

»Es ist darauf ausgelegt, uns in einen Zustand jenseits der Sprache zu versetzen.«

Lesley dachte an die Bücher für junge Mütter, die ihr eine Bindung jenseits der Sprache versprochen hatten, und an Tina, die sagte, dass sich das Trauma außerhalb der Sprache ereigne.

Jerry hatte diesen lernbegierigen Blick, von dem sie gleich wusste, dass er aufgesetzt war. »Jetzt kapier ich's«, sagte er. »Es ist wie ein Zen-Ausmalbuch, oder?«

Es verletzte sie, dass er glauben konnte, ihr Spiel hätte irgendeine Ähnlichkeit mit Ausmalbüchern. »Man braucht sich nur um eine einzige Sache zu kümmern. Diese Kugel. Dass die heil bleibt«, sagte sie und hatte das seltsame Gefühl, ihr würden gleich die Tränen kommen.

Jerry wischte auf seinem Tablet herum. Alle anderen Männer schauten sie an. »Es ist also ein Punkt, den du ausdehnst oder verkleinerst und den du spazieren führst?«

Seine Beschreibung erinnerte sie daran, wie sie ihren Zervixschleim bearbeitet hatte, als sie schwanger werden wollte. »Denken ist leiden«, sagte sie und sah deutlich vor sich, wie sich alle Gedanken aus Jerrys Kopf verflüchtigten. »Deshalb kann man die Abwesenheit von Gedanken als Augenblick des reinsten Hedonismus sehen.«

Jerry schaute sie ausdruckslos an.

»Wie heißt es?«, fragte Irina.

»Ich dachte an ›Air‹.«

»Air?«

»Yep.«

»Weißt du, dass es im Little Jungle eine Air gibt?«, fragte Jerry.

»Nein, das wusste ich nicht.«

Irina räusperte sich. »Ich fürchte, das ist nichts für uns, leider.«

»Das sehe ich wie Irina«, sagte Jerry. »Es ist tougher geworden, nachdem du weg bist. Viel tougher. Wir können nicht mehr so viel riskieren wie früher.« Er machte ein paar Bewegungen auf dem iPad, die sie nicht entschlüsseln konnte. »Sollen's noch mehr werden?«

»Spielideen?«

»Kinder.«

Lesley schaute ihn entsetzt an. Durfte er so etwas überhaupt fragen? Irina zuckte sichtlich zusammen, trotz ihrer neuen Härte, und mochte ihr nicht in die Augen sehen.

»Nein«, sagte Lesley. »Keine weiteren Kinder.«

Den restlichen Nachmittag über beobachtete sie Irina auf ihren Wegen durch das Büro.

Irina. Irina! Die vierzehn Monate in Elternzeit gegangen war – *vierzehn* –, die ständig rätselhaft von ihrem Schreibtisch verschwand, von der CFO-Steve gewitzelt hatte, wenn ihr Mann es zuließe, würde sie zur Gebärmaschine werden?

Lesley dachte daran, wie kindisch sie sich in der Gruppentherapie verhalten hatte. Was, wenn Irina dachte, so würde sie sich auch Kunden gegenüber benehmen? Wie jemand, der andere tätlich angriff, wenn er nicht seinen Willen bekam? Und was sollte sie tun, wenn Irina sie rauswarf? Dann erwarteten sie der zähe Schlick der Mutter-Kind-Kreise, Schlaflieder in der zugigen Kirche, Kaffeekränzchen mit anderen Mums, die sie heimlich verdächtigte, sträflich schwach zu sein, während Charlie sich dem verführerischen Sog der Produktivität, der Rechenmodelle, der Gehaltsschecks überlassen durfte. *Irina!* Die nach dem Wiedereinstieg so nett gewesen war und jetzt keinen Funken Mitgefühl mehr für Lesley übrig hatte.

Da ihr Arbeitspensum trotz Rise nicht reduziert worden war, musste Lesley Kundenaufträge abwickeln: ein Zahnputzspiel für ein Zahnarztpraxen-Franchise, eine Animation für ein Architekturbüro. Aber das interessierte sie alles nicht. Stattdessen öffnete sie den Ordner mit *Air* und tat etwas, von dem sie Praktikanten einschärfte, dass man es nie tat: Sie löschte es und löschte auch die Back-ups.

Lesley nahm den Aufzug in die Vertriebsabteilung. Dort herrschte eine erfrischend steife Brise, die der Kreativabteilung fehlte; eine belebende Panik. Alle hingen an ihren Telefonen, verhandelten Budgets oder versuchten, an neue Aufträge zu kommen. So war es früher nicht gewesen. Sie ging zu Li Jings Schreibtisch. Er war unaufgeräumt, und es waren keine Kinderfotos zu sehen. »Hey.« Lesley senkte die Stimme. »Weißt du Näheres über die Kündigungen? Wen sie loswerden wollen?«

»Nein.«

Lesley spürte, dass Li Jing etwas verschwieg.

»Eine Prozentzahl?«, fragte sie.

»Ich hab was von zwanzig gehört.«

»Zwanzig?« Das war viel mehr, als Lesley erwartet hatte. »Und das entscheidet die Geschäftsführung?«

Li Jing nickte.

»Irina?«

»Yep«, sagte Li Jing. »Oh, übrigens, ich habe auch von *Air* gehört. Hat mich an diesen Sony-Werbespot erinnert … Ich fand deine Idee gut.«

»Danke«, sagte Lesley. »Ist es illegal, jemanden direkt nach der Elternzeit zu feuern?«

»Nein, nur währenddessen.« Li Jing musterte sie. »Oops! Wärst du mal länger weggeblieben!« Sie lächelte, aber Lesley war unsicher, ob es ein Witz sein sollte.

Draußen im Foyer wartete Jerry auf den Fahrstuhl. Lesley hielt aufs Treppenhaus zu, aber dann wusste sie nicht, wo sie hinsollte. An ihren Schreibtisch? Nach Hause? Früher als geplant zum Little Jungle?

Stattdessen fand sie sich auf dem Weg ins sechste Stockwerk wieder, in den mit Teppich ausgelegten Vorflur, den Therapieraum mit dem frischen Zitronenduft. Von drinnen hörte man ein gleichmäßiges Brummen und dann ein Plätschern wie tröpfelndes Wasser. Sie blieb stehen, lauschte und versuchte herauszufinden, was das war.

Als sie die Tür öffnete, sah sie Irina vor dem Fenster sitzen. An ihrer Brust hing eine wie ein Grammofon geformte Pumpe, und sie blätterte auf ihrem Handy durch Fotos von Zeppe. Lesley war kurz, aber zutiefst begeistert. Es war also ein Raum für stillende Mütter! Endlich hatte sie es verstanden! Am liebsten hätte sie es Tina erzählt.

»Hi«, sagte Lesley und trat ein. »Störe ich?«

»Überhaupt nicht.«

Lesley schaute sich um. Dieser Raum hatte etwas an sich, etwas Poetisches, Emotionales – lag es an den Möbeln? Dem Geruch? Wieder hier zu sein rief wieder dieses Gefühl wach, diese Trauer, und sie wusste, dass es nicht um *Air* und die Ablehnung ging, sondern um etwas anderes, das sie nicht benennen konnte.

Irina wirkte jetzt sanfter. Vielleicht hatte sie wegen der Absage Mitleid mit ihr, oder es lag an der Oxytozinausschüttung. »Das mit dem Spiel tut mir leid. Der Markt ist gnadenlos gerade.«

»Alles gut«, sagte Lesley. »Ich meine, whatever.« Sie trat weiter vor. »Ich gratuliere zur Beförderung.«

»Danke«, sagte Irina. »Es ist eine Riesenherausforderung.« Sie sah aus, als wollte sie noch etwas sagen, hielte sich aber zurück.

»War ich sehr schlimm zu Tina?«

Irina zuckte mit den Schultern. »Sie ist die typische Therapeutin. Extrem neugierig.« Irina löste die Pumpe ab und verstaute die dekantierte Brust im BH. Dann füllte sie die Milch in einen größeren Behälter und befestigte die Pumpe auf der anderen Seite. Lesley erinnerte sich, wie es sich manchmal angefühlt hatte, Max zu stillen: irgendwie wahnsinnig sexy, aber auch friedvoll. Sie hätte sich diese Gefühle ein wenig länger gönnen können, aber die Sehnsucht danach, allein zu sein, war stärker gewesen.

Als die Pumpe ansprang, fragte Irina: »Hast du was davon gehabt? Von der Therapie? Einmal sahst du aus, als hätte sie dich tief berührt.«

»Ja?«

Irina sah sie hoffnungsvoll an, als könnte Lesley hierher zurückgekehrt sein, um ihre Freundschaft wiederaufzunehmen, aber als Lesley das sah, war sie entschlossen, diese Hoffnung zu zerstören.

»Ich habe vergessen, wie Jerrys Kind heißt«, sagte Lesley statt der Millionen bedeutungsvollerer Dinge, die sie hätte sagen können. »Carla oder Carlo?«

»Carl«, sagte Irina mit einem Seufzer. Sie wurde wieder ernst; ihr langer Zopf lag ihr quer über der Brust. »Einfach nur Carl.«

Lesley trat ans Fenster. Sechs Stockwerke unter ihnen deckte Benoit die Tische fürs Abendessen.

»Ich dachte, du könntest am meisten davon profitieren«, sagte Irina schließlich.

»Warum?« Lesley wandte sich um.

»Weil du sie am dringendsten brauchtest.«

Komorbiditäten

Schon seit einer Weile wollte Mason unser Sexleben wieder in Gang bringen. »Wenn wir uns jetzt nicht darum kümmern, ist bald nichts mehr *da*, was wir verbessern könnten«, sagte er, und ich wusste, dass er recht hatte, aber ich war müde. Ich verbrachte all meine Zeit mit den Kindern. Er hatte ein extrem hohes Arbeitspensum. Selbst einmal die Woche miteinander zu schlafen war schwierig, und es kam vor, dass wir uns ins Bett legten und einfach von dessen Wärme überwältigt wurden.

Wenn ich über unser Leben nachdachte, kamen mir die Tortengrafiken aus dem Internet in den Sinn, die in lauter Zeitscheiben zerschnitten waren: Da gab es ein Kuchenstück für die Arbeit, eins für Schlaf, eins für die Kinder. Ich wusste, dass unser Stück für Sex so dünn war, dass es kaum stehen konnte. Auf allen Websites hieß es, Sex bräuchte ein größeres Stück vom Kuchen. Es hieß auch, wer nicht *gleich* Sex hätte, würde später erst recht keinen haben – und ich wusste, dass wir nicht ewig mit diesem winzigen Prozentsatz würden leben können, aber wir waren müde! Wir waren beide so müde!

Ich widmete viel von meinem Kuchen den Kindern. Ich glaube, Mason war ein bisschen eifersüchtig auf meine Romanze mit Aida (6) und Casper (1). Oft war ich ganz verliebt in meine Babys. Mason musste mich ständig aus ihren Betten zerren, wenn ich wieder dabei eingeschlafen war, dass wir von Amygdala zu Amygdala kommunizierten. Manchmal fühlte es sich an, als wären sie alle beide noch in mir. Ich hatte gelesen, dass in den Knochen verstorbener Mütter die Y-Chromosomen männlicher Föten gefunden worden waren. Wenn sie einmal in einem drin waren, kreisten sie dort für immer, getrieben von einer Corioliskraft im Takt von »Ich liebe dich / Du machst mich wahnsinnig / Ich liebe dich / Du machst mich wahnsinnig«, die sich bis nach Australien durchbohrte, ehe ein Ende in Sicht kam, und es endete immer auf »Ich liebe dich«, denn so war das eben mit den eigenen Kindern.

So fühlte sich meine Liebe zu Aida und Casper an: knochentief; viral.

Ein ordentliches Stück meiner Tortengrafik (sagen wir, acht Prozent) verbrachte ich damit, auf der Website der NASA das Abschmelzen der Polkappen mitzuverfolgen, und das war ein großer Prozentsatz, besonders im Vergleich mit den Null-Komma-Etwas, die unserem Sexleben gehörten. Meine Fähigkeit, mir um etwas Sorgen zu machen, war breit gefächert und profund, wobei ich persönlich mir nicht erklären konnte, wie alle anderen nachts schlafen konnten, während uns Überschwemmungen, Starkregen und immer extremere Super-Hurrikane zu Leibe rückten.

Die anderen Mütter in der Rhyme-Time-Gruppe sahen es mir an: diesen Irrsinn, diese unablässige Sorge. Sie mieden mich und unterhielten sich untereinander. Ich sang die Kinderlieder mit, aber nicht von Herzen. Manchmal plauderte ich mit ihnen, aber es endete immer im Ökofatalismus: »Meinst du, dass unsere Kinder eine Zukunft haben werden?«, fragte ich. »Wird es zu heiß werden, um zu atmen?« Sie hatten keine Lust darauf, über das Aussterben unserer Kinder zu reden. Lieber sangen sie »Old McDonald Had a Farm« in Dauerschleife, obwohl die Farm zu Asche werden würde, die Tiere zu Kohle und obwohl der alte McDonald und seine Kinderlein in den Betten verbrennen würden.

Als Aida sich für den Klimawandel zu interessieren begann, war ich ehrlich zu ihr: Es sei alles unsere Schuld, sagte ich, aber noch mehr die von Oma und Opa, von Cherry und Zhi-Sheng, ihrer MaMa und ihrem YeYe. Danach rannte Aida splitternackt durchs Haus und kreischte: »Die ganze Welt brennt! Die Welt *BRENNT*!«, während Casper mit seiner neuen Trinkflasche herumspielte und die Zähne in den Sauger grub.

»Mason«, fragte ich einmal mitten in der Nacht. »Haben unsere Kinder eine Zukunft?«

»Ich schlafe.«

»Ich weiß, aber ich habe Angst.«

»Du hast immer Angst, aber ich habe ziemlich selten Gelegenheit zu schlafen.«

Das kam mir zu gut vor, als dass er es sich spontan überlegt haben könnte. »Hast du das einstudiert?«

»Vielleicht«, sagte er und drehte sich auf die andere Seite. Ich dachte, er sei wirklich eingeschlafen, aber dann sagte er: »Du darfst nicht alles so schwarzmalen. Das hilft der Welt nicht weiter.«

Deshalb habe ich nie Lust!, wollte ich sagen. Eine brennende Welt ist nicht sexy! Aber am nächsten Morgen gab ich Mason einen Blowjob, eine Art Entschuldigung dafür, dass ich ihn geweckt hatte, und dafür, dass unser Sexkuchen so dünn war. »Danke«, sagte er hinterher. »Das haben wir gebraucht.«

Mason war ein prominenter psychiatrischer Pfleger. Tagein, tagaus rettete er Teenagern das Leben, die vom Internet hingemetzelt worden waren, von bösartigen Gerüchten, gehässigen Memes, ununterbrochenem Mobbing. Er ließ sich von jungen Menschen in ihre Suizidpläne einweihen, und diesen Schmerz nahm er dann mit nach Hause. Manchmal scrollte ich durch seinen Twitterfeed, um zu schauen, wie es ihm ging, wo genau er sich auf der Kurve befand, die sich zwischen den Jahren im Dienst des NHS (x) und seinem Gefühl des Versagens gegenüber den Kindern aufspannte, die in seiner geschlossenen Abteilung starben (y).

Am Morgen des Blowjobs deckte er den Frühstückstisch und pfiff dabei vor sich hin. Ich fragte mich, ob im selben Maße, wie ich mit den Kindern zur Schimäre verschmolz, sein Hirn mit seinem Schwanz komorbid war.

Durch die Küchenwand hörten wir unsere Nachbarin Kelly, die im panischen Diskant ihre Kinder auf dem täglichen Weg zur Schule antrieb. Sie hatte vier Kinder. Vier! Ich hatte ihr einmal gesagt, ich könne nur so viele Kinder großziehen, wie ich Hände hätte. »Sonst würden sie mit den Füßen großgezogen«, hatte sie gesagt und mit sich verdüsternder Angst vor sich hin gestarrt. Kelly war ebenfalls müde, aber sie lauschte in wohlwollender Geistesabwesenheit meinen Überlegungen zur Zukunft des Planeten.

Aber Mason hatte recht: Meine Schwarzmalerei half niemandem weiter. Auf Aidas Kinderzeichnungen waren die verkohlten Überreste von Bonbonbäumen zu sehen, und wenn ich meine Kinder betrachtete, waren sie von einem Feuerball umgeben, als spiegelten sich meine Schreckensvisionen in ihrer Aura. Mason bat mich inständig, keine Klimadiskussionen mit seiner Mutter anzuzetteln, weil die immer eskalierten, aber eines Tages zog mich Cherry in so ein Gespräch hinein.

»Wenn ich kein Schweinefleisch mehr esse«, sagte Cherry, »wird das nicht plötzlich die Welt verbessern.«

Mason warf mir einen warnenden Blick zu. Er hatte lange gearbeitet; ich konnte die Dauer seiner Schicht an seinem Gesicht ablesen.

»Nein«, sagte ich. »Aber wenn *alle* damit aufhören, hilft das schon.«

Casper zerrte immer wieder an meinem BH. Anscheinend roch ich nach Milch, obwohl ich vor Wochen mit dem Stillen aufgehört hatte. Es musste etwas Hormonelles sein. Vielleicht dünstete ich es aus.

»Squeezy ist so hungrig«, sagte Cherry. So nannte sie Casper immer. Sie hob ihn hoch und setzte ihn sich auf den Schoß. »Stimmt's nicht, Baby?«

»Schweine pupsen«, sagte Aida. »Davon wird die Erde wärmer.«

Cherry kniff die Lider zusammen. »Ich habe nicht jahrzehntelang im Kommunismus gelebt, um mir jetzt hier etwas vorschreiben zu lassen. Wer einmal Schuhsohlen gegessen hat, der weiß den Schinken in seinem Porridge zu schätzen. Aida, komm mal her und lass uns Squeezys Speckröllchen zählen.«

Masons Mutter fand unseren Namen für den Kleinen schrecklich. Sie sagte, er habe übernatürliche Konnotationen. (»Wegen eines Kinderfilms?« – »Mh-hm«, sagte sie. – »Wegen Casper, dem freundlichen Geist?« – »Mh-hm«, sagte sie wieder.) Mason bestand darauf, dass da etwas dran sei oder dass das Ganze, so unsinnig es mir vielleicht vorkam, an kulturelle Sensibilitäten rührte. In Hongkong, sagte Mason, klafften in Hochhäusern riesige Löcher, so breit wie drei Wohnungen nebeneinander, damit böse Geister entweichen konnten – ob ich wüsste, was dieser Aberglaube die Immobilienkonzerne koste? Zig Millionen! Keine bösen Geister hereinzulassen sei zig Millionen Dollar wert! Sein eigenes Kind nach einem animierten Geist zu benennen, das war, als würde man das Unglück direkt mit in die Wiege legen.

Das eigentliche Problem mit Cherry war, dass sie immer im Recht war. Sie war von Shenzhen nach Hongkong geschwommen, um dem Kommunismus zu entfliehen, war bei Tagesanbruch durch die Mai-Po-Sümpfe gewatet – zu einer Zeit, als man erschossen wurde, wenn sie einen erwischten. Aber was Casper anging, hatte ich mich durchgesetzt. Ich behauptete, den Namen schon immer geliebt zu haben (wer weiß), und seitdem gab Cherry ihm zum chinesischen Neujahr weniger Geld als Aida, was seltsam war, schließlich war er ein Junge und ... na ja und so weiter.

»Es geht um ihre Zukunft«, sagte ich tief bewegt, »deshalb mache ich mir Gedanken.«

»Hey«, sagte Mason. »Weinst du?«

»Nein, tue ich nicht.«

Seit ich nicht mehr stillte, war ich sehr emotional. Vielleicht war ich nicht bereit für diesen Schritt gewesen, aber Mason fand, wenn ein Kind ein Jahr alt sei, solle man es loslassen. Wenn ich ehrlich war, waren mir beim Stillen mit Casper meine eigenen Grenzen abhandengekommen. Da war etwas verschmolzen. Hatte sich ontologisch synthetisiert. Ich hatte es geliebt und war mir zugleich wie eine Gestrandete vorgekommen.

»Das ist die Milch«, sagte Cherry. »Die läuft dir aus den Augen.«

»Mir läuft keine Milch aus den Augen.«

Cherry schaute mich an und bekreuzigte sich. Sie ging auf Nummer sicher und war sowohl Taoistin als auch Baptistin. »Wenn du noch ein Kind bekommst, kannst du das ja stillen«, sagte sie. »Mason sagte, du wärst traurig, weil du aufgehört hast.«

»Ich bin nicht traurig. Mir geht's bestens.«

Cherry wollte unbedingt, dass wir ein drittes Kind bekämen. Vielleicht weil sie selbst nur eins hatte bekommen können.

»Es sind jetzt schon zu viele Menschen auf der Welt«, sagte ich.

»Unsinn«, sagte sie. »Armer Mason, du siehst so müde aus. Wie wär's, wenn ich nächsten Samstag auch Squeezy nehme?« Sie zwinkerte uns tatsächlich zu. »Wann wart ihr das letzte Mal zu zweit? Ihr könntet euch einen schönen Abend machen!«

»Besser nicht«, sagte ich, bevor Mason ihr zustimmen konnte.

»Squeezy trinkt doch jetzt aus der Flasche.«

»Das wäre toll«, sagte Mason, bevor ich weiter protestieren konnte.

Als Cherry gegangen war, machte sich Mason ein Bier auf. Casper wollte mit einem schwarzen Wachsstift die Wand anmalen. Als ich ihm den Stift abnahm, fing er an zu weinen, dann ging er auf Aida los und kratzte sie im Gesicht. Aida warf ihn um, und sein Gebrüll hallte durchs Zimmer.

»Das reicht!«, rief Mason. »Marsch ins Bett, alle beide!«

»Es ist vier Uhr«, sagte ich.

»Na, dann schauen wir doch fern!«, sagte er. »Aber nicht *Topsy und Tim*, ja? Die Geschlechterrollen in dieser Schrottsendung sind toxisch.«

Ich dachte daran zurück, wie gut gelaunt er nach dem Blowjob gewesen war und dass er wochenlang nicht vor sich hin gepfiffen hatte. Als wir uns auf dem Sofa niederließen, fragte ich: »Wie wäre es am Samstag mit einem Homevideo von uns beiden?«

»Oh, na klar«, lachte er, während Topsy mit Mummy Cupcakes buk und Tim seinen Geländewagen durch die Kunstrasensavanne des Gartens lenkte. »Bin dabei, Ms Kardashian.«

Mason und ich hatten uns vor sieben Fantastillionen Jahren auf einer Dating-App kennengelernt, die von aggressiv brünftigen Männern dominiert war. Ich wurde mit Dickpicks überhäuft, die ich manchmal sexy fand und manchmal eklig. Manchmal entspann sich ein längeres Sexting, bei dem ich Nacktfotos von mir verschickte und lächerlich obszöne Bilder zurückbekam, die ich in die umgekehrte Bildersuche von Google kopierte, um nachzuschauen, ob sie aus dem Netz geklaut worden waren. Manchmal kam es zu Telefonsex, und er konnte in einem irren Orgasmus gipfeln, aber auch in der astralen Ferne zwischen Fremden, die sich nicht liebten, die einander nicht kannten, die nicht einmal wussten, ob die jeweiligen Profilbilder echt waren; andererseits machte gerade diese Nichtigkeit die Sache mitunter erregend – wie Sex mit einer Leerstelle, mit einem Bot, mit sich selbst.

Auf eine Beziehung zu hoffen war sinnlos. Es war, als würde ich meinen Kopf in den Schritt jedes Typen rammen, achthundert Blowjobs geben und nichts dafür wollen, und ich wusste, dass sich hinter meiner Gangsterfassade ein tiefes, schreckliches Verlangen nach Intimität versteckte.

Als ich anfing, mit Mason zu schreiben, kam mir seine Offenheit deshalb beinahe abnorm vor. Als öffentlich präsenter psychiatrischer Pfleger hatte er auf Twitter unter dem Handle @PoetParamedic eine halbe Million Follower. Er warnte mich vor, dass er Chinese sei, und zwar *ganz und gar* Chinese; weiße Frauen seien manchmal enttäuscht, wenn sie sich mit ihm träfen. Er wiederum war überrascht, als er gegen Ende unseres ersten Dates herausfand, wie bereit ich für ihn war. Jetzt plötzlich, im Alter von siebenundzwanzig Jahren, lernte ich zum ersten Mal den reißenden Strudel echter Verliebtheit kennen und blickte etwas enttäuscht darauf zurück, mit welcher Nüchternheit ich mit unzähligen Männern so viel Nichts erlebt hatte, so viele Male.

Mason war zurückhaltender als all meine früheren Dates und tausendmal sensibler. Wenn ich etwas versaute – wenn er zu Hause eine Liveaufnahme für das Fernsehen machte und die Kinder ins Wohnzimmer ausschwärmten, weil ich in der Küche durch Insta scrollte und ihre Abwesenheit erst nach fünf oder nach zehn Minuten bemerkte –, verzieh er mir mehr oder minder sofort. Er vertrat die These, wo kein böser Wille war, sei auch keine Schuld; das sah er an den Kids, die er betreute. Angesichts der Weltgeschichte hielt ich das für kein gutes Argument, aber ich akzeptierte es.

Am folgenden Samstag brachten wir Aida und Casper zu Cherry. Am Sonntag wollten wir uns im Jade Garden zum Mittagessen treffen, aber bis dahin waren vierundzwanzig Stunden lang beide Kinder weg. Das machte mich nicht wie erwartet nervös, sondern ich war glücklich. Unsere Stimmung wurde festlich, als wären wir beide im Urlaub.

Ich sagte zu Mason, ich hätte sexuell einiges mit ihm vor, aber erst an unserem ersten kinderfreien Morgen; bis dahin sollten wir schlafen. Wir hatten seit zwölf Monaten nicht mehr durchgeschlafen, und in jener Nacht schliefen wir wie zwei Tote, ohne jede Störung. Wir erwachten, als echtes Tageslicht durch die Vorhänge lugte, und staunten darüber, dass niemand etwas von uns wollte.

Eine Weile betrachtete ich Mason: die sexy Haarlinie vom Bauchnabel abwärts, die schlanke Statur, die seine Kraft verbarg. In Arbeitskleidung sah er noch besser aus, weil ich den Umriss seines Penis darunter erkennen konnte, was in meinen Augen allerdings ein Herstellungsfehler war. Ich küsste ihn auf die Brust. Er hielt die Augen geschlossen, aber ich spürte, dass er nicht schlief. Ich flüsterte: »Sollen wir jetzt das Homevideo drehen?«

Er öffnete die Augen. »Ich dachte, das wäre ein Witz gewesen.«

»Warum nicht?«

Er war offensichtlich erstaunt. Während der Schwangerschaft und seitdem Casper auf der Welt war, hatte ich kaum noch die Initiative ergriffen. Ich wusste, wie sehr er darunter litt, dass ich ihn nicht mehr in dem Maß wollte wie er mich. Ihm war klar – uns beiden war klar –, dass wir uns so wenig umeinander kümmern konnten, weil es zu viel anderes gab, um das wir uns kümmern mussten, und trotzdem trauerte er darum, dass ein Teil unserer Beziehung lautlos dahinschied; ein Teil, der so roh gewesen war und so leuchtend.

»Da muss man aufpassen«, sagte er. »Paris Hilton. Kim Kardashian.«

»Das war doch mit Absicht? Haben sie die nicht bewusst freigegeben?« Ich legte mich auf den Rücken und ließ ihn mit meiner Brustwarze spielen. »Und Hulk Hogan.«

»Wie, Hulk Hogan?«

»Von dem gibt es auch eins.«

»Ehrlich?« Er rümpfte die Nase. »Igitt.«

Mason ließ von mir ab und las einen Blog über Homevideos und digitale Sicherheit, dann ging er runter zu seinem Laptop. Er deaktivierte die Cloud, stellte die Suchmaschine auf privat, löschte den Cache und den Browserverlauf und schaltete das Handy in den Flugmodus.

Er hatte guten Grund, paranoid zu sein. Vor ein paar Jahren war sein Twitteraccount gehackt worden, und die Hacker hatten die Gesichter thailändischer Ladyboys auf Fotos von ihm montiert und in schattierten Lettern rassistische Bildunterschriften hinzugefügt wie »Lang-Fing, Schwing-Dein-Ding«. Ansonsten bekam er Nachrichten à la »Geh abkratzen« oder die kopierte Speisekarte eines chinesischen Take-away-Imbisses; gelegentlich auch Videos davon, wie jemand zu seiner Sendung auf CBBC über Teenager und mentale Gesundheit wichste.

Als Mason zurück war, stützte er sein Telefon an ein Kissen, stellte auf die Selfiekamera um und schaltete in den Videomodus. Ich fragte mich, ob ich mich hätte rasieren sollen, aber jetzt war es zu spät.

»Sicher, dass jetzt alles aus ist?«

»Sicher.«

»Wir sind nicht auf Instagram Live?«

»Nope.« Er zeigte mir die Flugmodus-Anzeige auf seinem Handy. »Stell dir vor, wir sind im Flugzeug, vierzigtausend Fuß über der Erde, fern von Familie und Kindern.«

Weil er wusste, dass meine Ängste alles ruinieren konnten, begann Mason, mich zu küssen, und nach und nach schaltete ich meine Sorgen ab. Anfangs mussten wir lachen, wenn wir einander ansahen. Aber als ich mir die Aufnahme auf dem Display anschaute, hörte ich auf zu denken. Es war ganz schön hot. Masons Mund turnte mich an und wie meiner ihn bedeckte. Als er mir das T-Shirt auszog, schaute ich zu, wie seine Lippen meinen Nippel bewegten, wie er mich küsste und leckte.

Casper hatte meine rechte Brust vorgezogen, und sie war größer als die linke, aber ich wollte jetzt nicht an die Kinder denken. Ich hatte mich gefragt, ob ich mit meinem veränderten Körper klarkommen würde, aber er sah ganz okay aus: Die Brüste hingen etwas, und auf den Hüften hatte sich Hüftspeck angelagert, aber insgesamt ging es. Masons Körper war noch dasselbe Blütenfest wie mit Mitte zwanzig, was ich nicht ganz fair fand, aber zumindest kam es mir zugute.

Mason setzte mich auf ihn. Wir schauten uns beide auf dem Video an, was eintönig hätte werden können, aber stattdessen fanden wir es erregend. Wir kamen ziemlich bald, und ich drückte schnell auf den roten Button, um die Aufnahme zu stoppen.

Wir kuschelten, dann ging Mason ins Badezimmer. Als er zurück war, schaltete er Bluetooth ein, und ich lauschte dem einsamen U-Boot-Signal, mit dem der Lautsprecher nach einer Verbindung suchte. Mason startete eine ruhige Playlist, die ich länger nicht gehört hatte. Bald merkte ich, dass es die Playlist war, die er für Caspers Geburt zusammengestellt hatte, was er bestimmt nicht mehr wusste. Ein Song von Brian Eno begann, und ich erinnerte mich an die letzten Wehen: das Scheuern, Brennen, Reißen; der Blutfluss; dann wurde alles schwarz, als wäre ich gestorben – aber stattdessen wurde mir ein Baby auf die Brust gelegt; ein schweres Etwas mit einem mineralischen Gestank.

Mason war eingeschlafen. Durch den Song hindurch hörte ich das rhythmische Surren des Badezimmerlüfters. Ich war ein bisschen traurig. Der Sex war schön gewesen, kinky; wie in alten Zeiten. Von einer Lust getrieben, die wir immer für selbstverständlich gehalten hatten. Aber etwas in mir blieb leer. Erst jetzt, wo die Kinder weg waren, wurde mir klar, wie viel wir verloren hatten, was für einen hohen Preis wir zahlten. Mir war, als müsste ich weinen, aber stattdessen begann Caspers Lieblingsbrust leise überzulaufen und tröpfelte Milch aufs Kissen.

Die Fenster des Jade Garden waren getönt, als müssten sie eine Walze subtropischen Lichts abhalten, und drinnen herrschte eine feindselig klimatisierte Atmosphäre. Auf manchen Tischen warteten makellose Decken und leere Drehteller; über andere, kürzlich benutzte breitete sich ein Chaos aus Teeblättern, Knochen, aufeinandergestapelten Dim-Sum-Körben, als hätte ein Überfall stattgefunden. Ältere Frauen wanderten mit Servierwagen durch die Reihen und trugen leere Teller ab.

Als ich meine Kinder sah, wie sie für ihre MaMa und ihren YeYe brav still saßen, fühlte ich etwas, das ich ungern zugab. Ich wollte die bleiben, die ich am Morgen gewesen war, und mich nicht in einen dieser endlos geduldigen, endlos gütigen Menschen zurückverwandeln. In Panik schaute ich Mason an, von dem ich mich nicht wieder verabschieden mochte. Er küsste mich. Bestimmt dachte er dasselbe. Dann kehrten wir zu ihnen zurück, auf unser vertrautes Schlachtfeld.

Zhi-Shen verzog das Gesicht, als ich ihn zur Begrüßung küsste. Trotz des aquatischen Shrimpgeruchs, der in der Luft hing, rochen wir nach unseren Laken. Zhi-Shen füllte den Bestellzettel für die Dim Sums aus. »Bist du immer noch Vegetarierin?«, fragte er.

»Pescetarierin.«

»Was heißt das?«

Mason legte demonstrativ sein Telefon auf den Tisch. Ich schaute es an, dann schaute ich ihn an. »Nur Meeresfrüchte«, sagte ich, »und Fisch.«

»Wozu soll das gut sein?«

»Fische pupsen nicht«, sagte Aida.

»Ganz genau«, sagte ich und nahm sie auf den Schoß. Ich betrachtete ihr Profil, ihre fein geschnittenen Züge, ihre überwältigende Schönheit.

»Können wir Quatschtante spielen?«, flüsterte sie.

Aida liebte es, Quatschtante zu spielen. Dabei musste ich so tun, als hätte ich absolut keine Ahnung, wer sie war, und als wollte ich sie zur Polizeiwache bringen, um ihre richtige Mummy zu finden. Es funktionierte nur, wenn wir es in der Öffentlichkeit spielten; das war ja der Punkt – sie hatte eine Sehnsucht danach, vor allen Leuten verleugnet zu werden, die womöglich universell ist. Oft wurde sie wild dabei, sprang in mein Sichtfeld und rief: »Mummy! Mummy, ich bin's!«, aber ich stritt jede Verbindung ab, und einmal hatte sie so heftig lachen müssen, dass sie sich in die Hose gemacht hatte, als könnte ihre Blase den mulmigen Zweifel nicht ertragen, ob sie zu mir gehörte.

»Nicht jetzt, Schatz«, sagte ich.

»Hat sich der freie Tag gelohnt?«, fragte Cherry mit blitzenden Augen.

»Wir haben bloß einen Film geschaut«, sagte Mason und unterdrückte ein Lächeln. Er tippte auf sein Handy. »Bestimmt schauen wir später noch einen.«

»Squeezy war so süß. Er hat eine Windel nach der anderen vollgemacht! Ab wann soll er aufs Töpfchen?«

»Ab nächsten Sommer«, sagte Mason.

Körbchen voller Teigtaschen wurden gebracht: rosenknospenförmige Siu Mai, Bao mit Wintermelone und ein paar Wan Tans, die Cherry für Casper herausfischte. Als ich Zhi-Sheng dabei zusah, wie er seinen Dim Sum in Sojasoße tunkte und das milchige Weiß die Farbe von Holzbeize annahm, bemerkte ich, wie hungrig ich war. Ich aß alles, was Cherry mir vorsetzte, selbst die Hühnerfüße. Zhi-Shen sagte etwas auf Putonghua, vermutlich: »Ich dachte, sie wäre Pescetarierin«, und Mason zuckte mit den Schultern und lächelte mich meilenbreit an.

Zhi-Sheng musste Essen nachbestellen. Er unterhielt sich lange mit einer der Servierwagenfrauen, während Cherry vernehmlich gähnte; immer flirtete er mit den Kellnerinnen, beschwipste sich und errötete von dem Bier.

Aida setzte sich einen der Bambuskörbe auf den Kopf und sagte: »Guckt mal, ich bin MaMa, als sie eine Bäuerin war!«, und ich schnappte ihr das Körbchen weg, ehe Cherry es sehen konnte. Es kam noch mehr Essen. Wegen des Videos und all der Energie, die es gekostet hatte, war ich so hungrig. Ich aß und aß, und ich dachte: Das könnte ich den ganzen Tag tun. Den ganzen Tag!

»Bist du schwanger?«, fragte Cherry leise.

»Ha, ha«, sagte ich mit vollem Mund. »Ha, ha.«

»Weißt du, ich konnte in Shenzhen nicht schwanger werden. Die vielen Süßigkeiten in Hongkong – die Dan Tat, die Erdnussbutterpfannkuchen! –, erst die haben endlich Mason in die Welt gesetzt.«

»Vielleicht hattest du auch weniger Stress?«, fragte ich und aß den Hühnerfuß, wie sie es mir beigebracht hatte: mit geschlossenem Mund, geschickt mit der Zunge manövrierend. Ich zog die abgenagten Knochen heraus und sagte: »Die Schuhfabrik war wahrscheinlich nicht sehr ... wohltuend?«

Viele Jahre lang hatte Cherry in einer Fabrik in Shenzhen, die auf exakte Markenkopien spezialisiert war, falsche Michael Jordans hergestellt. Sie erwiderte meinen Blick. »Nein. Es war die Freiheit.«

»Wie war's in der Kirche?«, fragte ich Aida.

»Ein Mann war im Wasser, und ein anderer musste ihn rausholen!«

»Er hat solch einen Lärm gemacht!«, sagte Cherry. »Solch ein Drama! Als würde er ertrinken. Man soll es in das Formular eintragen, wenn man nicht schwimmen kann.«

»Ich kann schwimmen!«, sagte Aida erwartungsvoll.

»Du kannst warten, bis du achtzehn bist«, sagte ich.

Es wurde auf Putonghua weitergeredet, und ich hörte weg, vom Glutamat betäubt und zufrieden damit, mich aus den Erwachsenengesprächen herauszuhalten. Reflexhaft hob ich Bissen vom Boden auf, die Casper fallen ließ; Mason schaute zu, wie Aida sein Telefon auf dem Tisch kreiseln ließ. Ich aß die letzten Reste, und Casper bekam einen Wutanfall, als er seine langen Gliedmaßen aus dem Hochstuhl zu befreien versuchte; fast wäre er umgekippt und auf dem Gesicht gelandet.

Ich fühlte mich in die berühmte Szene aus *Wenn die Gondeln Trauer tragen* hineinversetzt, in der Donald Sutherland und Julie Christie miteinander schlafen, und dazwischen sind Einstellungen montiert, in denen sie nach dem Sex miteinander reden. In meiner persönlichen

Reinszenierung ging es um zwei verstrahlte Eltern mit ihren Kindern im Restaurant. Und das Publikum dachte: Haben sie nicht genug geschuftet? Verdienen sie nicht eine längere Pause?

Ich schaute zu Mason hinüber, der auch gedankenverloren wirkte. Ich fragte mich, ob Intimität flüchtig war, ob man sie immer wieder neu herstellen musste. Meine Freundinnen beneideten mich darum, dass ich meinen Mann nach den Kindern immer noch liebte. Bei einer von ihnen schlief der Ehemann jetzt in einem Gitterbettchen, weil ihr Jüngster nachts heulte: »Ich bin so allein! Ich bin so allein!«, und dann tauschten sie um drei Uhr morgens schlaftrunken die Plätze. Ja, ich hatte wirklich Glück, aber trotzdem …

Mein Blick fiel auf die Knochen auf dem Tisch. Was hatte ich getan? Warum hatte ich so viel Tier gegessen? Mich schauderte. Ich kam mir verrückt vor; als stünde ich neben mir. Vielleicht hatte der Sex mich berauscht oder das Natriumglutamat, aber meine Stimmung war nicht unangenehm. Nicht weit entfernt hing ein Lufterfrischer, und ich versuchte zu erspüren, wie lange es dauerte, bis er wieder seinen Pinienduft verströmte.

»Mason«, sagte ich, und er wandte sich zu mir um, aber ich hatte gar nichts zu sagen. Er nahm meine Hand, und Cherry nickte bestätigend vor sich hin. Der Tisch war jetzt abgeräumt.

»Ich bin froh, dass der Fluch gebrochen ist.«

»Sie ist nicht schwanger, Ma«, sagte Mason genervt. »Wir haben es dir doch gesagt. Keine weiteren Kinder.«

»Warum denn nicht? Schau dir Squeezy an.«

Wir schauten ihn uns an. Bei so viel Aufmerksamkeit fing Casper an zu strahlen, dann beugte er sich vor und biss mich mit seinen hart umrandeten Gaumen.

»Zwei reichen«, sagte Mason, und ich befreite meine Hand.

»Zwei ist nicht besser als ein Paar«, sagte Cherry.

Ich wusste nicht, was das heißen sollte.

»Cherry war schon immer verrückt nach Babys«, sagte Zhi-Sheng. »Deshalb hat sie auch Mason zu sehr geliebt.«

»Ein Baby kann man nicht zu sehr lieben«, sagte ich.

»Kann man doch«, sagte Zhi-Sheng, und dann beobachtete er, wie seine Frau reagieren würde.

Nach dem Mittagessen gingen wir in den Hyde Park. Mason lief mit dem Buggy und seinem Vater voraus; Aida blieb bei mir und Cherry. Es war ein glänzend heller Tag, und die blütenschweren Äste der Bäume wurden von einem sanften Wind bewegt. Die Kühlschrankkälte des Jade Garden verflüchtigte sich allmählich, und all die erzwungene Nähe am Restauranttisch war aufgehoben.

»Ist mit Mason alles in Ordnung?«, fragte Cherry.

Ich wusste, dass es sie Überwindung kostete, mich das zu fragen. »Sein Job ist sehr anstrengend«, sagte ich. »Die Fallzahlen steigen. Die Arbeit wird immer komplexer.«

»Wir könnten sie vielleicht auch mal am Freitag nehmen?«

»Dann würde er seine Kinder praktisch gar nicht mehr sehen.«

Sie nickte. »Meinen Bridgeladys zeige ich die Videos von ihm im Fernsehen. Sie sind so neidisch, aber sie wissen nicht, wie schwer es für ihn ist.«

»Es ist hart.« Obwohl ich wusste, dass sie es nicht verstehen würde, wollte ich mit jemandem darüber reden. »Wir sagen: Hier, bitte, das Internet!« Ich gestikulierte ins Imaginäre. »Schaut euch um, Kinder! Dabei ist es die reinste Hölle. Gewaltpornos, Mobbing, Ein-Dollar-Bikinis« – ich zählte sie an den Fingern ab –, »Enthauptungen, Computerhacks, Kindesmisshandlung, manchmal unter Kindern. Ich meine … Das muss er sich anhören. Damit befasst er sich *die ganze Zeit*.«

Cherry nickte, aber mit leerem Blick. Wir kamen an der Peter-Pan-Statue vorbei, auf deren dunklem Sockel sich Kinder und Kaninchen drängten, und ich musste an meine Nachbarin Kelly denken, deren Kinder ihr am Rockzipfel hingen. »Davon verstehe ich nichts«, sagte Cherry. »Ich bin auf dem Dorf aufgewachsen.« Sie betrachtete die Statue wehmütig, als seien darin all die Kinder verborgen, die sie nie hatte bekommen können. »Du bist also nicht schwanger?«

»Nein.«

Wir näherten uns dem Serpentine River. Ein seidiges Licht federte auf seiner Oberfläche, und Cherry setzte ihre Ray-Ban auf, mit der sie fabelhaft aussah. »Ich habe sie nie gemocht«, sagte sie trocken, als wir den Memorial Fountain erreichten.

»Prinzessin Diana?«

»So eine Heulsuse. Wäre ich eine Prinzessin gewesen, ich hätte Spaß gehabt!«

Mason und sein Dad hatten das Gewässer schon überquert, und Cherry blickte liebevoll zu ihnen hinüber. Casper war im Buggy eingeschlafen; seine unglaublichen Locken fielen ihm in die breite Stirn. Zhi-Shen winkte und warf seiner Frau eine Kusshand zu; vielleicht der amouröse Ertrag seiner mittäglichen Biere.

Aida rannte zur Brücke. Als ich ihr nachsah, stellte ich mir das Video in der Zukunft vor, wie es in den tödlichen Schleim jenes Internets einging, das so vielen Teenagern das Leben zur Hölle machte. Beim Gedanken, es könnte auf einer dieser Amateurporno-Plattformen landen, wurde ich blutrot im Gesicht. Was, wenn die Kinder es eines Tages fanden und anschauten! Ich musste daran denken, wie Mason mir gezeigt hatte, dass das Handy im Flugmodus war. Hatte er in dem Moment aus Versehen draufgetippt und die Funkverbindung wieder eingeschaltet? Ich wurde panisch und schrieb Mason am anderen Ufer: *Lösch das Video.*

Ich sah ihn auf sein Handy schauen. Dann zeigten drei Punkte an, dass er zurückschrieb.

Die Luft war gallertig und kühl geworden, und eine Windbö fuhr durch die Bäume. Ich schaute nach Aida, die jetzt oben auf der Brücke war. Sie konnte mich nicht sehen, aber ich sie. *Hier drüben!*, wollte ich rufen, von der Corioliskraft getrieben, die in mir tobte. *Aida, Aida, ich liebe dich!* Während wir schon im Schatten standen, wurde sie noch von der Sonne beschienen, und die strahlenden Flammen umtanzten ihren Kopf.

Dracula im Filmtheater

Vassily hatte am Morgen schon einmal angerufen und versuchte es jetzt wieder. Ray wusste, dass er anrief, um ihr als Regisseurin seinen Rat angedeihen zu lassen: wie sie strategisch vorgehen musste, um Cedric, ihren DoP, auf Linie zu bringen oder ihre kapriziöse Hauptdarstellerin Ivy. Sie hasste es, wenn Vassily ihr Ratschläge gab; umso mehr, wenn seine Ratschläge halfen.

Vassily war Rays bester Freund aus der Filmhochschule, aber wenn sie seine wunderschönen Filme ansah, fühlte sie sich beschissen und müde. Sie sehnte sich nach der Anerkennung und dem kommerziellen Erfolg, die er so mühelos erreichte. Gleichzeitig schämte sie sich für ihren Neid: Sie hätte ihn niemals zugegeben, niemandem gegenüber.

Trotz allem zwang sie sich, ihn zurückzurufen.

»Riri!«, sagte Vassily. Ray – Rihanna – *Riri.* »Wie läuft's mit *The Disappearance*?«

»Komisch«, sagte sie. »Alle machen so brav mit.«

»Das ist gut, oder?«

»Ja«, sagte sie, und dann: »Ich weiß nicht.«

»Wie: Du weißt nicht?«

»Ich meine …« Sie wollte ihm nicht ihre Unsicherheit eingestehen, aber die Crew duldete keinerlei Verletzlichkeit, deshalb war der Drang groß, sich einmal auszusprechen. »Es läuft alles so glatt; was ist, wenn damit plötzlich Schluss ist? Allein das Wetter. Jeden Tag scheint die Sonne! Und Cedric – ist er wirklich dermaßen enthaltsam? Es hat noch keine einzige Frau am Set geweint. Und dem Baby geht's bestens.« Sie blickte auf ihren Bauch, der über Nacht gewachsen zu sein schien. »Die schwimmt da so rum und macht ihr Ding. Und wenn ich mir vorstelle, heil durch die Dreharbeiten zu kommen, also, diese Hoffnung ist schlimmer …«

»Entspann dich mal«, sagte Vassily. »Genieß es. Es ist dein dritter Film. Der dritte ist immer der beste. Und Ivy? *Dis moi.*«

»Ivy ist nüchtern. Eine nüchterne Ivy ist zu hundert Prozent eine Vollbitch. Stattdessen ist sie richtig lieb zu allen und nett zu mir. Was stimmt nicht mit ihr?«

»Das musst du mich nicht fragen. Ich verstehe wirklich nicht, warum du unbedingt mit ihr arbeiten willst.«

Ray hatte Vassilys Vortrag über Ivy oft genug gehört: dass es unsinnig sei, so obsessiv an ihr festzuhalten; dass sie Ivy jederzeit mit einer von unzähligen Nachwuchsschauspielerinnen ersetzen könne, die nicht rauchten, tranken oder sich in unregelmäßigen Abständen einer selbst erdachten »Ketamintherapie« unterzogen.

»Du bist keine Präraffaelitin, weißt du«, sagte Vassily. »Das ist keine Bruderschaft. Du darfst deine Schauspielerinnen frei wählen.«

So war Vassily: redete ständig Französisch, verwies auf die Kunstgeschichte oder zitierte apokryphe russische Filme, die niemand gesehen hatte. Nebenbei konnte Vassily ziemlich heuchlerisch sein: Ivys Vertrauter, wenn sie zu dritt zusammen waren, und sonst ihr schärfster Kritiker.

»Ich muss los«, sagte Ray zum samtigen Hotelzimmer. »Ciao, Vassily. Lass uns bald wieder reden«, sagte sie, aber da hatte er schon aufgelegt.

Rein rational gesehen, hatte er natürlich recht. Auch die von der Versicherung hatten Vorbehalte gegen Ivy geäußert: Sie betrachteten sie als Risikofaktor und verwiesen zum Beweis auf ihren Drogenkonsum, ihre erratischen Äußerungen auf Twitter, Lahore und sogar den Tod ihrer Zwillingsschwester. Manchmal bekam Ray Flashbacks von diesem einen Drehtag, als Ivy – tief im K-Hole vielleicht und auf jeden Fall in der zentralen Sexszene in Rays zweitem Film – nicht damit aufgehört hatte, wie eine Katze zu miauen. Ray wusste das alles, aber ihr Verlangen, mit Ivy zu drehen, war ebenso emotional wie tief verwurzelt. Ivy war Rays Muse, und Musen sucht man sich nicht aus. *Miau*, sagte Ivy jetzt manchmal, um Ray zu ärgern, und fuhr die Krallen aus. *Miau*.

The Disappearance war ein kommerziell angelegter Thriller. Ray hatte ihn den Produzenten als Kreuzung aus *Der Feind in meinem Bett* und *Rebecca* gepitcht, und das Budget war höher als in ihren kühnsten Träumen. Wenn sie sich erst einmal als Thrillerregisseurin einen Namen gemacht hatte, würde sie nie wieder um Geld betteln müssen. In den kommenden Tagen wollte sie den Höhepunkt der Story drehen: quasi eine einzige lange Verfolgungsjagd, während der Ivy die größte Angst würde darstellen müssen. Zur Vorbereitung wollte

Ray zu Ivys innerem emotionalem Kern vordringen, und dazu gehörten harte Gespräche über ihren toten Zwilling.

In *The Disappearance* hatte Caroline (Ivy) ihren eigenen Tod vorgetäuscht, um ihrem gewalttätigen Ehemann (Trenton) zu entkommen, und versteckte sich in einem Herrenhaus in den Surrey Hills. Heute stand die Sequenz auf dem Plan, in der der Zuschauer begreift, dass der Mann ins Haus eingedrungen ist, und in der die Kamera praktisch die Rolle des Stalkers einnimmt. Die Second Unit sollte später Zusatzmaterial filmen – Details von Knöpfen, einem Foto, einem Ehering: von allem, was der Ehemann berührte –, aber zunächst würde sich Trenton unter dem Bett verstecken, während Ivy sich ahnungslos umzog.

Im Schlafzimmer machte Kharmel gerade Ivys Make-up fertig, und Cedric wies den Oberbeleuchter an, wie er jedes einzelne Haar von Ivys weißblonden Locken zur Geltung bringen sollte.

»Wo ist Trenton?«, fragte Ivy.

»Schon unterm Bett«, sagte Matthieu, ihr Herstellungsleiter.

Ray lachte. Also echt, die Geduld, die junge Schauspieler hatten! Trenton schaute von unter dem Bettgestell zu ihr hoch, und in seinem Gesichtsausdruck erkannte sie etwas von ihrer eigenen Hingabe wieder. »Hi, Trenton.«

»Hi, Ray.«

Bald darauf musste sie für das Kostümteam zwischen zwei identischen weißen Hemden wählen. Die Haarstylistin wollte Ivys Frisur ändern, weil sie dieselbe Frisur in jeder Einstellung »langweilig« statt nur normal fand. Dann wollte Matthieu diese Szene mit der zweiundneunzig mergen, – was zum Ton des Ganzen passte –, und Cedric wollte wissen, wie viel von Ivys Beinen im Bild sein sollte, wenn die Kamera sie von unter dem Bett aus aufnahm. Und ob Ray wirklich darauf bestand, dass sie eine Nahe und eine Halbnahe aus zwei Perspektiven bräuchten, auch wenn das einen Lichtumbau nötig machte?

Ja, sie bestand darauf. Sie musste darauf bestehen.

Das liebte Ray so: Natürlich waren die vielen Fragen ermüdend, aber das Gefühl der Kontrolle fand sie herrlich. Über all das machte sie sich pausenlos Gedanken, sogar abends beim Einschlafen, und das war keine Bürde, sondern ein Vergnügen.

»Wie geht's dir, Ivy?«

»Ganz gut, ja«, sagte Ivy freundlich.

Kharmel trug noch etwas Liquid Eyeliner auf.

Es war heimtückisch, vielleicht auch ethisch fragwürdig, aber Ray plante, später Miskars Paradigma anzuwenden, um für den morgigen Drehtag Ivys negative Emotionen hervorzulocken. Ivys Zwillingsschwester war unter mysteriösen Umständen gestorben – Umstände, über die Ray unbedingt mehr wissen wollte, nicht nur für morgen, sondern auch für ein späteres Biopic über Ivys Leben.

Freddy, Rays Freund und erstaunlicherweise ein zutiefst moralischer Mensch, hätte das übergriffig gefunden, schlimmstenfalls sogar retraumatisierend, aber Ray wusste, dass alle Regisseure sich die Vorgeschichte ihrer Schauspieler zunutze machten, um deren Leistung zu steigern. Von einem Kollegen hatte sie mitbekommen, dass er seinen Hauptdarsteller – einen sehr berühmten Schauspieler, der gern Kokainpartys mit mehreren Prostituierten feierte – wie den letzten Dreck behandelte, um die Beziehung zu spiegeln, die er mit seinem Vater gehabt hatte. Und der Schauspieler? Der war Wachs in seinen Händen gewesen, komplett formbar, und hatte, als er später den BAFTA gewann, in einer überschwänglichen Preisrede seinem Vater/Regisseur gedankt.

»Vergiss nicht«, sagte Ray zu Ivy, »Caroline hat genau im falschen Moment ihre Angst überwunden. Im Augenblick höchster Gefahr.«

»Und das soll ich mit den Füßen zum Ausdruck bringen?«, fragte Ivy und schaute dabei unpassenderweise auf Rays Bauch.

»Lass mich einfach deine Glücksfüße sehen. Deine unbeschwerten Fersen und Zehen.«

»Alle bereit?«, fragte Cedric.

Kharmel errötete. »Bereit.«

»Was denkst du, warum Ivy so guter Dinge ist?«, fragte Ray leise Matthieu, als Cedric seine Objektive auswählte. »Ist sie verliebt?«, fragte sie weiter. »Vielleicht ist Ivy verliebt. In Cedric?«

»O Gott, bitte nicht.«

Cedric war knapp an einem MeToo-Skandal vorbeigeschrammt und gab sich größte Mühe, serienmonogam zu bleiben. Ray fragte sich, warum sie so viel Glück auf einmal hatte. Lag es an dem Baby? War es wie ein Magnet, der die guten Vibes des Universums anzog?

»Sie hatte ein Buch über Psychotherapie in der Handtasche«, sagte Matthieu. »Vielleicht setzt sie sich mit bestimmten Dingen auseinander.«

»Dem Ding mit ihrer Zwillingsschwester zum Beispiel«, sagte Ray. »Da ist einiges aufzuarbeiten.« Schnell schob sie hinterher: »Schätze ich mal.«

»C'est pas ça.« Matthieu stammte aus Réunion, und es ärgerte ihn, wenn Ray Ivys verstorbene Schwester erwähnte, und wenn er sich ärgerte, sprach er Französisch. »Kharmel sagt, es muss am Baby liegen.«

»Am Baby? Warum?«

»Seinetwegen bemüht sie sich, nett zu dir zu sein. Oder sie wünscht sich selbst eins. Ein kleines *bébé.«* Er blickte sehnsüchtig auf Rays Bauch. Vielleicht wollte er mit seinem Freund ebenfalls eine Familie gründen.

Ray arbeitete liebend gern mit Matthieu zusammen und hatte Angst, dass Vassily ihn sich krallen würde, wenn das Kind auf der Welt war. Die beiden waren befreundet, also konnte es durchaus passieren. Vassilys neuester Film, *Lantern Rising*, würde in Schwarz-Weiß gedreht werden, was wieder so typisch war – so nobel –, so jenseits von allem, was sie selbst je finanziert bekommen hätte. Immer wenn sie an Vassily dachte – wie er als Achtunddreißigjähriger mit seinem leidenden Kalter-Krieg-Charme ein Filmpreispodium nach dem anderen stürmte –, begann ihr Neid nach Arsen zu schmecken. Aber ein bisschen belebend war er zugegebenermaßen auch, fast wie Wut; denn mit jedem neuen Erfolg, den Vassily feierte, wuchs ihre Entschlossenheit, ihn zu übertreffen.

Ja, Neid war die operative Blaupause für alles, was sie sich vornahm. Ein anderer Freund – außerhalb der Branche – hatte einmal eine buddhistische Weisheit zitiert, derzufolge man der Person, die man beneidete, immer noch mehr Glück wünschen sollte. Ha, ha, hatte sie gedacht.

Ha, ha, ha.

Ray hatte noch nie einen Film ohne Ivy gedreht. Schon als Kind war sie von den Zwillingen fasziniert gewesen, hatte ihre Zimmerwände mit Postern von Ivy und Cora gepflastert. Als Cora mit dreizehn gestorben war, hatte Ray das als ihren ersten schweren Verlust erlebt, auch wenn ihre Eltern nicht begreifen konnten, warum sie um ein Mädchen trauerte, das sie gar nicht persönlich kannte. Aber Coras Tod war ihr wie ein Sturmtief durchs Gemüt gezogen, und diese Kälte war nie wieder ganz gewichen.

Irgendwann einmal wollte Ray ein Biopic über sich und Ivy drehen. Ein wundervoller Film würde es werden: ein metafiktionales feministisches Werk über Filmregie, Frauen, Musen. Über Verluste und drüber, wie man für die Verlorenen Ersatz fand.

Die Story? Nach dem Tod ihrer Schwester stand Ivy vor einem Trümmerhaufen – eine trauernde Kinderschauspielerin, die nicht mehr spielen konnte. Ihre Retterin? Ray, die sie vor dem Vergessen bewahrte und Ivys Karriere einen neuen Schub gab. Gemeinsam drehten sie umwerfende Filme über Künstlerinnen in einer Männerwelt. Und als Ray erfuhr, dass sie ein Mädchen erwartete, war sie auf die Idee gekommen, dass das Kind sie selbst als kleines Mädchen spielen könnte. Das Biopic würde so befriedigend werden, so zyklisch!

Und dann all die kostenlose Presse!

Hättest du nicht Lust, deine Mummy als Kind zu spielen, Schätzchen?

Rays und Ivys Leben waren so ineinander verflochten, dass sich ihre Zukunft nicht voneinander trennen lassen würde. Eine Zeit lang waren Fotos von Ivy in den Zeitungen mit kleinen Inserts von Cora und einigen Zeilen zur Familientragödie erschienen. Inzwischen nahm Ray Coras Platz ein. Ja, ihr Verhältnis zueinander war eines lateinischen oder biblischen Spruches würdig: *Wo sie auch hingeht, werde ich folgen.*

Im Garten bereitete Cedric hinter Ivy, die jetzt einen grauen seidenen Trainingsanzug anhatte, die nächste Einstellung vor. Diesmal ging es um Trentons Ankunft, nachdem er das Haus gefunden hatte. Das Grundstück war prachtvoll: sattgrün, voller uralter Gewächse, die im eisigen Frühjahrslicht schwankten. So kalt es auch war, die Aprilsonne blieb verlässlich und würde in den finalen Außenszenen der nächsten Tage großartig aussehen. Vielleicht war es die Sonne, die Ivy so gute Laune machte. Das Vitamin D. Vielleicht hatte sie den Winter über eine Winterdepression gehabt. Anyway, so durfte es gerne bleiben, denn seit Beginn der Dreharbeiten war keinerlei Pulver auf Ivys zarten Nasenflügeln, keine Whiskeyfahne in ihrem Atem, und die Zeichen standen gut für *Darkness as a Bride*, ihr nächstes, viertes gemeinsames Filmprojekt.

Der Clou an dieser Szene – das hatte Ray bei einem französischen Film geklaut, an dessen Titel sie sich nicht erinnern konnte – war, dass Trenton nicht im Bild sein würde. Das Publikum würde seine Gegenwart daran erkennen, dass die Kamera so hartnäckig an Carolines Gesicht hing. Präsenz durch Perzeption. Cedric würde statisch im Weitwinkel filmen und über eine Minute bei dieser Einstellung bleiben. Das Publikum würde unruhig werden – warum kommt kein Schnitt? –, bis es schließlich begreifen würde, dass die Kamera Trenton war und Trenton die Kamera.

Und dann wären alle hingerissen von dieser unheimlichen Szene.

»Das Licht ist zu flach«, sagte Cedric. »Warum scheint ständig die Sonne? Guck dir den Winkel an.«

Als Ray sich das Bild auf dem Monitor ansah, konnte sie sich die Reaktion eines Zuschauers im dunklen Multiplex vorstellen. Einen Moment lang sah sie sich selbst, wie sie in einer ganz anderen Dunkelheit ein Baby stillte, wie es nuckelte und biss. Sie hatte überhaupt keine Ahnung, was da auf sie zukam. Wenn sie an ihre Zukunft als Mutter dachte, bekam sie Angst – und nicht die Angst in den hohen Tönen des cineastischen Terrors, sondern etwas sehr viel weniger Kontrolliertes.

»Es ist gut«, sagte Ray, aber Cedric war nicht zufrieden.

Ivy lag auf einer Sonnenliege. Ihr lockiges Haar umfloss das Gesicht wie ein weißes Feuer.

»Zieh dich am besten ganz in dich selbst zurück, Ivy«, sagte Ray. »Ich weiß, dass es schwer ist. Aber die Zuschauer sollen von deiner Reglosigkeit genauso verstört sein wie von der der Kamera.«

Technisch gesehen war die Arbeit mit Ivy schwierig – manchmal war sie unpünktlich oder high, betrunken oder Schlimmeres *(miau)* –, aber sie war wirklich herausragend talentiert. Die meisten Schauspieler waren nach drei oder vier Takes ausgelutscht, aber Ivy konnte jedes Mal wieder wie eine Bombe einschlagen. Und sie konnte zwischen zwei Einstellungen die Stimmung halten. Sie halten und jederzeit wiederholen. »Alles okay?«, fragte Ray Ivy, die sich nicht von der Stelle gerührt hatte.

»Na klar«, sagte Ivy. »Ein Nichts zu sein ist eine meiner Stärken.«

Fast hatte Ray ein schlechtes Gewissen. Ivy war so unglaublich gelassen, und in einer Stunde wollte Ray alles zunichtemachen, indem sie Cora exorzierte. »Komm nach dem Dreh zu mir in die Cafeteria, ja? Ich habe eine Hausaufgabe für dich, für morgen.«

In dem Moment zog sich Rays Bauch plötzlich zusammen, und sie musste eine Vorwehe wegatmen. Es war seltsam, als hätte Ivy sie ausgelöst; ein Fall von unsichtbarer vorzeitiger Rache, als wären sie selbst Figuren in einem Horrorfilm. Aber bald entspannte sich alles wieder, Ivy hielt weiter still, und Cedric rief: »Bereit!«

An der Filmhochschule hatte Ray einen ungarischen Semiotikdozenten namens Miskar. Professor Miskar hatte Horror in zwei Kategorien eingeteilt: Frankensteinhorror (politisch links), der sich mit dem inneren Grauen auseinandersetzte, und Draculahorror (politisch rechts), der sich auf äußere Bedrohungen konzentrierte (grob gesagt: da drüben, in Transsilvanien).

Draculahorror sei leichter zu inszenieren, sagte Professor Miskar. Ein Raubtier, ein Alien, eine äußere Bedrohung sei immer leicht zu finden. Mit dem

Frankensteinhorror sei es anders, denn dafür müssten Regisseure und Schauspieler ihre eigenen inneren Dämonen kennen.

Professor Miskar forderte sie auf, an ihr persönliches Monstrum zu denken. War es eigennützig? Gierig? Eitel? Neidvoll? (»Sie ahnen wohl«, sagte er, »warum *Sieben* so ein Erfolg war?«) Er forderte sie auf, über ihr schlimmstes Vergehen zu schreiben, eine Tat, für die sie sich bis heute schämten.

Ray saß da wie gelähmt. Sie sah Vassily drauflosschreiben, hemmungslos wie immer. Anstatt etwas Wahres zu erzählen, erfand sie eine Geschichte, in der sie eine Katze mit kochendem Wasser begoss oder so ähnlich. Dann sollten sie etwas Schreckliches beschreiben, das jemand ihnen angetan hatte; die Draculavariante quasi. Ihr fiel ganz ehrlich nichts Schlimmeres ein als ihre jüngste Trennung, kein traumatisches Ereignis, das ihr die ersehnte Legitimität als echte Geschichtenerzählerin verliehen hätte.

Welches war der wahre Horror?, fragte Professor Miskar sie anschließend. Eine böse Tat zu begehen? Oder dass man Opfer von bösen Taten wurde?

Die Studierenden ahnten die richtige Antwort, aber Miskar war streng, und niemand traute sich, etwas zu sagen. Was für ein Idiot, dachte Ray in diesem Moment der Stille: Nur die allerprivilegiertesten Weißen kamen jemals auf die Idee, den Horror zu erleben könne irgendwie besser sein, als ihn auszuüben.

Vassily meldete sich. »Die böse Tat zu begehen«, sagte er. »Auf jeden Fall.«

Und Professor Miskar lächelte.

Bingo.

Ray beobachtete Ivy, die durch die Cafeteria auf sie zukam. Sie war eine hochgewachsene Frau mit blasser Haut und mondfarbenem Haar. Sie schimmerte beinahe. Deshalb machte sie sich so gut in Horrorgeschichten, dachte Ray, als Ivy sich setzte: weil sie von vornherein etwas Außerweltliches an sich hatte.

»Wie geht's?«, fragte Ivy und legte eine Hand auf Rays Bauch.

»Man soll immer fragen, bevor man den anfasst, weißt du.«

Vielleicht hatte Kharmel recht, und es war wirklich das Baby, das Ivys Stimmung aufhellte.

»Ach Quatsch«, sagte Ivy. »Sie ist doch praktisch auch mein Kind.«

Ray hatte keine Ahnung, was das heißen sollte.

»Hey, Baby«, sagte Ivy und legte wieder die Hand hin. »Tritt mich ein Mal, wenn ich einen Oscar gewinnen werde.«

Das Baby hielt still.

»Im Dienst eingeschlafen«, sagte Ivy.

Ray schaute nach Anzeichen dafür, dass Ivy high sein könnte, aber da war nichts.

»Also«, sagte Ray. »Lass uns mal etwas probieren. Eine Art Übung.« Ray wusste, dass sie sich behutsam vortasten musste. »Der Film stellt natürlich Trenton als das Monster dar. Aber in jeder Szene findet ein Austausch statt: Caroline ist Teil der Dynamik. Sie hat die Beziehung ebenso sehr geprägt wie er.«

Ivy legte den Kopf schief. »Ich hätte sie einfach nur als Opfer gesehen.«

»Nein«, sagte Ray. »So einfach kann es nicht sein.«

Ivy zückte ein Notizbuch, eine rührende Ergänzung zu ihrer neu entdeckten Lernbereitschaft, und begann hineinzuschreiben. Ray hätte zu gern in ihre Handtasche geschaut, ob das Therapiebuch noch da war.

»Caroline wird am Ende stärker, aber zuerst muss sie sich etwas von Trentons Monstrosität abzapfen, damit sie ihn vernichten kann. Caroline hat Angst, dass sie sterben muss oder, noch schlimmer, dass ihre ganze Existenz von der Identität ihres Mannes geschluckt wird. Deshalb muss sie die Kraft des Bösen in sich mobilisieren, um ihn töten zu können. Sie muss ihr eigenes inneres Monster finden.«

Ray musterte Ivys offenes Gesicht, ihre weit stehenden Augen, die Schönheit, die sie an die hoch aufragenden Vivienne-Westwood-Models aus den Musikvideos erinnerte, die Ray nach dem Abschluss gedreht hatte, als Vassily grünes Licht für seinen ersten Spielfilm bekam. Vielleicht ist das *mein* inneres Monster, dachte Ray: mein Neid.

»Ein Dozent an der Filmhochschule«, fuhr Ray fort, »hat uns von diesem Frankenstein-Dracula-Ding erzählt. Er hat es ein Paradigma genannt, glaube ich. Jedenfalls ruft man sich dabei seine eigene schlimmste Tat ins Gedächtnis«, sagte Ray und spürte den Nervenkitzel am Rande der No-go-Zone. »Und das Schlimmste, was einem angetan wurde.«

Ivy schaute sie an, und ihr Stift erstarrte über dem Notizbuch: Die Zellophanaugen, der lächelnde Mund sackten in sich zusammen. »Das Schlimmste, das in meinem Leben passiert ist?«

»Ja«, sagte Ray.

»Das Schlimmste? Das Allerschlimmste?« Plötzlich kamen Tränen. Ein kurzes Schweigen, dann Ivys erstickte Stimme: »Nein, Ray. Das mache ich nicht. Das ist mein Leben. Okay? Nicht deins. Es ist nicht deins.«

Am nächsten Morgen im Hotel wartete Ray auf Vassilys Anruf. Bestimmt brannte er darauf, ihr Vorträge über Ivys auserlesene Sensibilität zu halten und Ray davon abzubringen, dass sie jemals Ivys Privatleben anzapfte, um eine Szene damit aufzuladen – was lächerlich war, wenn man bedachte, was er mit seinen eigenen Darstellern machte. Außerdem würde sie den ganzen Tag mit Ivys mieser Laune klarkommen müssen, und das Baby hatte sich über Nacht irgendwie quergestellt, sodass Ray aussah, als hätte sie ein Regalbrett verschluckt.

Kurz darauf erschien Vassilys Name auf dem Display. Mit ihm zu reden würde Energie kosten, aber ihn zu ignorieren noch mehr.

»Hör zu, Riri, lass den Bullshit, ja? Ich habe gestern mit Ivy geredet. Du musst aufhören, sie nach Cora zu fragen.«

»Habe ich gar nicht.«

»Sie hat gesagt, du hast Miskars Paradigma angewendet.«

»Als Übung!«

»Sie will darüber nicht reden.«

»Ich habe nicht nach Cora gefragt!«

»Riri, du bist nicht Polanski.«

Ray stützte den Kopf in die Hand. »Wie *kommst* du überhaupt darauf, dass ich mich für Polanski halte?«

»Hey, krieg nicht gleich dein Baby, okay?! Mach einfach mal halblang mit den Lebensbeichten.«

Der Wind in der Leitung klang rau, wie an der Küste. Vassily scoutete gerade Drehorte für *Lantern Rising*. Ray kannte seinen Terminplan. »Wie läuft's mit dem Casting?«

»Ganz okay«, sagte Vassily. »Echt gut. Ja, läuft super!« Das war auch typisch für ihn: die ganze Spannbreite von neutral bis begeistert in drei Adjektiven; Ray durfte nicht einmal wissen, ob er es vielleicht manchmal schwerer hatte, als es aussah. »Ich muss los«, sagte er. »*Ménage bien l'actrice,* Riri.«

Und weg war er. Ray mochte ihn nicht gehen lassen, wollte aber auch nicht, dass er am Telefon blieb.

Das Hotelzimmer war vollgestopft mit Sesseln, Kissen, Teppich. Ray wollte plötzlich etwas fallen oder brechen sehen. Stattdessen biss sie fest in den Viskosevorhang am Fenster und betrachtete nicht unzufrieden ihre Zahnabdrücke im Stoff.

Trotz allem wirkte Ivy entspannt – gut gelaunt sogar –, als sie am Set die nächste Szene vorbereiteten, den Moment, in dem Caroline beim Baden klar wird, dass das Spiel aus ist: Ihr Mann ist in ihrem Haus. Geräusche, schlagende Fenster; Schrecken, Schauder und Jump Scares.

Der Dreh war mühsam (so wie immer, wenn nackte Menschen im Spiel waren – besonders Frauen –, und das in abkühlendem Wasser), aber Ivy verhielt sich professionell. Ein bisschen unnahbar vielleicht, aber das war nach dem verpatzten Paradigma nur logisch, und

Ray fragte sich, ob Vassily die Sache dramatisiert hatte, um sie aus der Bahn zu werfen.

Obwohl Ray aber mehrmals mit der festen Absicht auf Ivy zuging, sich bei ihr zu entschuldigen, bekam sie es nie über die Lippen, und dann überrumpelte Kharmel sie damit, dass er unerwartet in Tränen ausbrach.

Nachdem sie Kharmel beruhigt hatte, glückte die Szene endlich, und Ivy kam wie üblich mit ihrem Mittagessen in Rays Trailer.

»Wie willst du dein Kind betreuen lassen, wenn es auf der Welt ist?«, fragte Ivy, während sie ein rosafarbenes Stück Fisch auf der Gabel balancierte.

»Den Anfang macht Fred. Dann eine Nanny. Im Dezember geht es mit *Bride* los. Dafür muss ich dann bereit sein.«

»Hat sich da was bewegt?«, fragte Ivy.

Ray dachte erst, es ginge um den Zeitplan, begriff dann aber, dass Ivy das Baby meinte. »Sie liegt heute quer. Ich kriege sie nicht dazu, sich umzukonfigurieren. Es ist nicht gerade angenehm, ehrlich gesagt.« Überraschenderweise kamen ihr fast die Tränen. Das musste Vassily sein: Der setzte ihr zu. »Manchmal fühlt es sich an, als hätte ich einen Parasiten.« Sie tat sich selbst leid und beschloss, sich mit ihrer Schwangerschaft Ivys Mitgefühl zu sichern. Das Gefühl war ja da – das mit dem Parasiten –, auch wenn es sie jetzt gerade nicht besonders bedrückte.

»Tja, du siehst großartig aus«, sagte Ivy freundlicherweise. »Und es dauert nicht mehr lange.«

Ray freute sich über diese unerwartete Intimität und verwarf den Gedanken, sich entschuldigen zu wollen:

Ivy würde nur glauben, dass sie das Gespräch wieder auf Cora lenken wollte, was Ray die nächste Predigt von Vassily einbringen würde.

Eine Zeit lang konzentrierte sich Ivy aufs Essen. Ray fragte sich, ob sie – wie Matthieu angedeutet hatte – entweder selbst schwanger war oder es sich wünschte. Ivy datete immer nur Londoner Einwegjungs, die sie auf Partys auflas, aber das musste nicht heißen, dass sie all das hier nicht wollte.

»Ich habe überlegt, ob ich umschulen soll«, sagte Ivy zaghaft. »Kurse belegen, zum Beispiel, weißt du.«

»Was für welche?«

»Psychotherapie?«

Ivy sprach nicht zum ersten Mal davon, statt ihrer Schauspielkarriere als Therapeutin anzufangen. Aber sie drohte eben ständig damit aufzuhören und tat es dann doch nicht.

»Nicht ernsthaft«, sagte Ray. »Glaubst du, die Leute würden einem berühmten Filmstar von ihren Problemen erzählen?«

Ivy senkte den Blick. »Vielleicht hast du recht.«

Ray schaute zu, wie Ivy die Lachshaut aß, und davon wurde ihr übel. Sie erinnerte sich an Vassilys niedlichen Vortrag. In dem Moment fiel ihr auf, dass sie Vassily hasste – ihr bester Freund von der Filmhochschule; sie hasste ihn zutiefst. Und wenn sie für das Biopic einen Antagonisten brauchte, dann wäre er es.

»Wenn du ein Mädchen kriegst«, fragte Ivy, »nennst du sie dann Ivy?«

»Nein«, sagte Ray lachend.

»Meine Mutter war die Assistentin eines Schauspielers. Dann hat sie Zwillinge bekommen. Man weiß eben nie, was kommt, oder?«

»Ich kriege keine Zwillinge.«

»Klar, du natürlich nicht.«

Ray wartete ab, ob Ivy mehr dazu sagen würde, aber das tat sie nicht.

»Weißt du, dass Mom Cora und mich als Models hat arbeiten lassen, als wir zwei Jahre alt waren? *Zwei Jahre?* Und das nur, um uns aus dem Haus zu haben. Diese Jobs waren für sie kostenlose Kinderbetreuung.«

Ray tat, als wäre nichts dabei, aber dass Ivy Cora erwähnte, war extrem ungewöhnlich – laut Vassily war das Thema praktisch tabu. »Wie war das für dich«, fragte Ray und hätte sich zu gern Notizen gemacht, weil sie alle Infos, die sie bekommen konnte, für das Biopic brauchte, »als Kinderdarstellerin in L. A. zu leben?«

Ivy wirkte jetzt angespannt. »An L.A. erinnere ich mich gar nicht so gut. Den Großteil meiner Jugend war ich in London.«

Nach dem Mittagessen kochte Ray noch Kaffee, und sie gingen nach draußen, damit Ivy rauchen konnte. Die Sonne schien, aber es begannen sich Wolken aufzutürmen. Ray achtete darauf, ihr Schweigen zu halten. Sie wusste, dass Journalisten genau das taten, um ihr Gegenüber zum Reden zu bringen.

Ivy steckte sich eine Selbstgedrehte an. Ray fand es süß, dass sie selbst drehte, als könnte sie sich keine Packungen leisten. Matthieu meldete sich über Funk, aber Ray wollte sich noch Zeit lassen. Sie war kurz davor, einen Deal abzuschließen; vielleicht hatte sie eine Chance auf neue Details zu Cora.

Dann redete Ivy weiter, als setzte sie ein Gespräch fort, und Ray begriff, dass sie dabei war, Miskars Frage zu beantworten.

»Wir waren bei einem Dreh«, sagte Ivy. »Ein Horrorfilm; an den Titel kann ich mich nicht erinnern. Ich hatte mir das Handgelenk verstaucht. Ich war auf einen Baum geklettert und runtergefallen. Jedenfalls hat der Regisseur am Tag des Autounfalls Cora gebeten, für mich einzuspringen. In der Szene durfte ich nicht mit einer bandagierten Hand zu sehen sein. Es gab kein CGI damals. Und sie hatten ja schon eine passende Alternativbesetzung.«

Ivy zupfte sich einen Tabakkrümel von der Lippe.

»Als Cora tot war, übernahm ich ihre Rolle, damit der Film fertiggestellt werden konnte. *Quid pro quo*. Ich kriegte zusätzlich zu meiner auch Coras Gage ausbezahlt. Meine Eltern freuten sich. Das Studio zu verklagen würde teuer werden. Während Coras Szenen fühlte ich mich einfach komplett leer. Als wäre ich weder Cora noch ich selbst. Das ist das Schlimmste, das in meinem Leben passiert ist«, sagte sie. »Zu deiner Dracula-Übung. Dass *ich* in dem Auto hätte sitzen sollen. Nicht sie. Das ist es, was ich nicht ertragen kann. Was ich an mir selbst am meisten hasse.«

Ray hatte gewusst, dass Ivy nach dem Tod ihrer Schwester deren Rolle gespielt hatte, aber nicht, dass Ivy an jenem Tag im Auto hätte sitzen sollen.

»Das muss schlimm gewesen sein«, sagte Ray, und es klang etwas flach und klischeehaft, aber sie musste sich zusammenreißen, um ihre Begeisterung zu verbergen: Dieses Geheimnis konnte im Biopic die zentrale Enthüllung werden, vielleicht sein Höhepunkt.

Ivy legte den Kopf schief. »Ist das nicht das, was du immer gewollt hast?«

»Was?«

»Dass ich von Cora erzähle. Meiner Schuld. Meiner Scham.« Sie drehte die Handflächen noch oben. »Von allem.«

Ray hatte gedacht, sie hätte ihr Interesse halbwegs beiläufig wirken lassen.

»Nein«, sagte Ray. »Oder nur weil ich mich für dich interessiere. Nur weil du mir wichtig bist.« Sie schaute zu, wie Ivy sich noch eine Zigarette drehte. Es war ungewöhnlich, dass sie mehr als eine rauchte; die Anspannung war offensichtlich groß. »Wie kam es dazu, dass du wieder als Schauspielerin arbeiten wolltest?«, fragte Ray, wie es vielleicht eine Therapeutin gefragt hätte. »Als du zwanzig warst?«

»Wollte ich gar nicht«, sagte Ivy. »Du hast mich da reingezogen.«

Darüber dachte Ray kurz nach. Es war nicht so, als hätte Ivy keine Wahl gehabt. Sie langweile sich als Model, hatte sie bei einer ihrer letzten gemeinsamen Werbespots gesagt. Sie hatte mehr gewollt, und Ray hatte es ihr gegeben. »Hat Vassily irgendwas zu dir gesagt, Ivy? Er hat heute Morgen angerufen und gemeint, ich hätte dich verletzt.«

Ivy schaute ihr in die Augen. »Weißt du, dass er eine Hauptdarstellerin sucht?«

»Ja, wieso?«

»Er will mich für *Lantern Rising*.«

»Ah.« Ray spürte eine Hitze in ihrer Brust: eine Stichflamme.

»Wann wird gedreht?«

»Im Dezember.«

Rays Gedanken strauchelten. »Aber was ist mit *Bride*?«

»Dafür musst du jemand anders finden. Ich will nicht mehr in deinen Filmen mitspielen, Riri.«

»Was? Du verlässt mich?« Ray verstand nicht mehr, was da vorging. Ihre Muse? Ließ sie für Vassily fallen? Aber Ray bekam doch ein Kind! »Für Vassily? Aber er ist so … schrecklich.«

»Besser als das hier. Alles ist besser als das hier.«

Von Ivys Zigarette stieg Rauch auf, und Ray sah weißliche Flocken herabsinken und dachte, es wäre Zigarettenasche. Aber dann waren sie überall: Ein Aprilschnee fiel vom Himmel, der bläulich getönt war wie mit Aquarellmalfarben.

Cedrics Stimme drang aus dem Funkgerät. »Ray? RAY? Siehst du das hier? WO KOMMT DIESER GANZE VERDAMMTE SCHNEE HER?!«

Im Hintergrundrauschen war zu hören, dass jemand weinte – wahrscheinlich wieder Kharmel.

Und dann kam noch eine von diesen schrecklichen Vorwehen; Ray fand es abstoßend, wie hart ihr Bauch dabei wurde. Vassily. *Vassily!* Jetzt hatte er sie doch betrogen, hatte sie zu hundert Prozent gelinkt, wie sie es immer vorausgeahnt hatte. Wie sollte sie so kurz vor dem Kind und dem Dreh eine neue Schauspielerin finden? Eine neue Hauptdarstellerin, die so berühmt war wie Ivy, und das mit einem Neugeborenen im Schlepptau?

In dem Moment regte sich das Baby: Eine Hand drückte sich gegen die Bauchdecke, und Ivys zufriedener Gesichtsausdruck wich dem Entsetzen. Das Baby drehte sich in seine frühere Position zurück, was sich wie eine Erlösung anfühlte.

Da gab Ray sich selbst ein Versprechen: Die erste Darstellerin, die sie für ihr Biopic castete, würde ihre Tochter sein. Ivy war mehr auf ihre Privatsphäre bedacht als jeder andere Mensch, den Ray kannte. Sie würde dieses Biopic hassen, und sie würde es nicht verhindern können. Die Rache fühlte sich kalt und berechnend an und ungeheuer verlockend. Ray würde den Film unter allen Umständen drehen, ob Ivy mitmachte oder nicht. *Bride* konnte ihretwegen zur Hölle gehen. Scheiß auf Vassily. Scheiß auf Ivy. Sie würde mit dem Schreiben beginnen, sobald *The Disappearance* abgedreht war.

»Ist gut, Ivy«, sagte Ray und lächelte ihre ehemalige Hauptdarstellerin an, und der Schnee begann sich auf dem sattgrünen Rasen zu sammeln. »Ist schon in Ordnung. Ich wünsche euch allen das Allerbeste.«

A / A / A / A /

Obwohl Gaël und ich uns getrennt hatten, sah ich die Zukunft unserer Ehe optimistisch. Alle paar Wochen reiste er aus Paris an, um unsere Mädchen wiederzusehen, und wir konnten nicht anders, als übereinander herzufallen. Es schien ihm neuerdings besser zu gehen; das Leben schmeckte ihm wieder. Paris hatte ihm Zeit für einen Neuanfang gegeben. In ein paar Monaten, dachte ich, oder spätestens im kommenden Jahr wäre er bestimmt bereit für die Heimkehr.

Für mich war das Jahr allein mit den Kindern allerdings hart gewesen. Wenn es mir schlecht ging, heiterte meine beste Freundin Marissa mich manchmal auf, indem sie mit ihrem erbärmlichen französischen Akzent Gaël nachahmte. »Bah, ich bin Gaël, und ich bin so traurich! So mieser*ah*ble!« Dabei fuhr sich Marissa ins hochtoupierte schwarze Haar wie Gaël auf den Höhepunkten seiner beinahe konstanten Schwermut. »Soll ich auch Béa nachmachen?«, fragte sie dann. Béa, Gaëls Mutter, war Psychoanalytikerin, und sie war, glaubte ich zumindest, die Hauptursache für Gaëls *angoisse*. Seit unserer Trennung hatte sich Béa nicht bei mir gemeldet. Keine E-Mail, nicht *un petit texto*.

Marissa war älter als ich. Sie hatte sich vor Jahren von ihrem sehr reichen Ex getrennt, aber Sancho schickte ihr weiterhin Geld, und sie kümmerten sich gemeinsam um ihre Katze Patty, die sie ihr Baby nannten. Patty verbrachte die meiste Zeit bei Marissa, und ihre Tierarztrechnungen waren hoch. Sancho kontaktierte Marissa beinahe jeden Tag.

Irgendwann hatten sie überlegt, ein *decree nisi* aufzusetzen, aber weder Sancho noch Marissa hatten etwas unternommen, und gesetzlich gesehen blieben sie Eheleute. Marissa hatte sogar einen Freund, der diesen ungeregelten Verhältnissen ein Ende hätte setzen können, aber Hector lebte in L.A. (ein Risikokapitalanleger), und er und Sancho hatten nicht viel miteinander zu tun.

Hector sagte zu Marissa – zumindest ein Testament. Kein *decree nisi*, schön und gut, aber ein Testament sei das Mindeste. Er sagte, wenn sie keines hätte, würde im Todesfall alles an Sancho gehen. Marissa wollte kein Testament aufsetzen – Angst vor dem Tod, vor jedem Gedanken daran oder was auch immer. Irgendwann sagte Hector: »Was, wenn Sancho eine neue Freundin findet? Und die kriegt alles Geld?«

»Ha«, sagte Marissa. »Als ob.«

Schließlich beschloss Marissa, die Sache anzugehen. Sie wollte zu einer hippen Kanzlei in der City, aber ich überzeugte sie davon, dass es ein popliges Anwaltsbüro in Camden ganz genauso täte.

Die Anwältin stellte sich als Ms Barber vor und gab uns beiden die Hand.

Ms Barber erkundigte sich nach Marissas Vermögen.

»Meine Wohnung in Tufnell Park«, begann sie. »Die ist vollständig mein Eigentum.«

Die Wohnung hatte Sancho ihr nach der Trennung geschenkt.

»Liquide Mittel?« Ms Barber kritzelte mit beiläufiger Diskretion auf ihren gelben Notizblock. »Barvermögen, meine ich, grob geschätzt.«

»Zweihunderttausend.«

Ich musste erstaunt reagiert haben, denn Ms Barber hörte auf zu schreiben. Vor gerade mal zwei Jahren hatte Sancho Marissa eine Million Pfund gegeben, damit sie finanziell voneinander unabhängig wären.

Ohne mich anzusehen, fügte Marissa wie zur Verteidigung hinzu: »Ich musste die Wohnung renovieren.«

»Unterhaltsberechtigte?«

»Zwei Kinder, aber die sind schon groß. Fünfundneunzig Prozent, je zur Hälfte.«

»Und die restlichen fünf Prozent?«

Marissa drehte sich zu mir um. »Die bekommt Stacey. Aber nur sie. Oder ihre Töchter, falls sie vor mir den Geist aufgibt. Nicht Gaël.«

»Wer ist Gaël?«

»Mein Ehemann«, sagte ich. »Oder Ex-Mann vielleicht.«

Ms Barber schrieb Gaël auf, aber als Gail und strich seinen Namen durch; dann schrieb sie Sancho auf und strich auch ihn.

»Patty soll Sancho bekommen. Patty ist unser Baby«, sagte Marissa, und dann: »Unser Katzenbaby.«

»Was ist mit Hector?«, fragte ich.

»Wer ist *Hec*tor?«, fragte Ms Barber, schon leicht genervt.

»Hec*tor*«, sagte Marissa. »Ach, ich weiß nicht.« Sie wirkte geistesabwesend. »Unser Alltag ist voller tonaler Gegensätze. Er lebt in L.A. Kaum fangen wir ein Gespräch an, versackt es in Binaritäten: ›Ich gehe schlafen./Ich stehe auf.‹ – ›Ich hatte einen miesen Tag./Meiner hat noch nicht angefangen.‹ – ›Es ist zu kalt./Es ist ...‹«

»Also kein Hector«, sagte Ms Barber.

»Kein Hector«, sagte Marissa und warf ihr Haar zurück. »Fürs Erste.«

Nach dem Termin besuchten wir einen Concept Store auf der Hauptstraße, in dem es fast nur Pflanzen gab. Im Laden roch es warm und neblig wie in einem viktorianischen Gewächshaus. Es gab leuchtende Moose auf Spurennährstoffgel, japanische Bonsais unter Glasglocken und Aquarien mit exotischen Fischen, die in tanzenden Schwärmen wie parallele Blitzstrahlen hierhin und dorthin zuckten. Mich packte das Verlangen, das Gesicht ins kristallklare Wasser zu halten und das aggressive Blubbern der Pumpe zu spüren.

Marissa war eine Meisterin im Geldausgeben, aber mit welcher Effizienz sie Sanchos Schenkung pulverisiert hatte, konnte ich trotzdem kaum fassen.

Die neongelbe Qualle in einem der Becken erleuchtete ihren teuren Teint. »Manchmal fühlt es sich an, als wäre Sancho ein großes Schiff«, sagte sie. »Ich versuche ja wegzuschwimmen, aber ich werde immer in den Strudel zurückgezogen.«

»Meinst du emotional?«

»Nein«, sagte sie lachend. »Das nicht.«

»Finanziell?«

»Nicht so richtig, oder doch, wahrscheinlich schon. Denkst du, er hat mich aus seinem Testament gestrichen?«

»Na ja, vermutlich.«

Sancho war Spezialist für Vertragsrecht. Oder Haftpflicht. Für feindliche Übernahmen oder irgend so etwas vage Bedrohliches, das ich mir nie hatte merken können. Sein Job war einer ihrer Trennungsgründe gewesen: Er war nie da. »Als hätte ich Luft geheiratet«, hatte Marissa gesagt. Er war ein Finanzass. Garantiert hatte er sich etwas einfallen lassen, um sein Vermögen zu schützen.

»Findest du, ich hätte für ihn vorsorgen sollen? Für Sancho?«

»Nein«, sagte ich. »Seit wann hat er das nötig? Ihm geht's bestens. Alles rosig.«

Mit schmerzvollem Ausdruck beobachtete Marissa eine Qualle, die sich vorwärtsschob. Das Wasser sah unecht aus, nach CGI. »Ich meine, man heiratet, macht sich Hoffnungen und dann stattdessen – das hier. Nicht gerade, was man sich erträumt hat, oder?« Sie griff nach einem Preisschild, ließ es fallen. »Mein Dad wollte, dass ich eine wie sie werde, wie Ms Barber.«

»Eine Anwältin?«

»Ich glaube, er dachte eher an eine Sekretärin.«

Marissa verschwand in einem Nebenraum. Ich schlenderte durch den Laden und dachte an meine eigene Ehe und meine eigenen geschrumpften Träume. Im Lauf der Jahre – seit wir Kinder hatten, genau genommen – war Gaël oft nach Paris geflüchtet, um sich dem Familienleben zu entziehen, aber er war jedes Mal wieder zurückgekommen, außer diesmal. Mir war klar, dass er mit seinem Egoismus mein Emanzipationsbestreben konterkarierte, aber zugleich liebte ich ihn und wollte nur, dass er heimkam. Das vergangene Jahr hatte mich wohl vor allem gelehrt, dass meine Prinzipien schwächer waren als meine Gefühle.

Marissa kaufte ein riesiges Glasgefäß mit verschiedenfarbigen Vegetationsschichten: Erde, Gras, obenauf ein paar Sukkulenten mit bläulichen Ranken. Es kostete vierhundert Pfund. Sie bezahlte mit ihrer AMEX.

»Das hält ewig«, sagte der Verkäufer, der aussah, als gäbe er vierhundert Pfund für seine Frisur aus.

»Wie eine Liebesaffäre«, sagte Marissa elliptisch.

»Aber nur noch zweihundert?«, fragte ich, während er das Gefäß stoßfest verpackte. »Ich dachte, Sancho hätte dir eine Million gegeben.«

»Ach, weißt du, in meinem Alter verprasst man das schon mal in ein paar Jahren. Hier ein paar Sachen, da ein paar, und – *puff!* – weg ist es.«

»Sie sagen es«, sagte der Frisierte, und Marissa dachte einen Moment über seine Bemerkung nach.

»Aber«, sagte ich, als wir draußen waren, »was passiert nach den zweihunderttausend?«

Marissa winkte ab und bestellte ein Uber. »Soll ich uns zur Schule bringen? Ich hole so gern deine beiden ab. Allein deren Gesichtsausdruck« – sie ließ ein Fingerspitzenfeuerwerk bersten – »ist die reinste Freude.«

Wir warteten zu Füßen des Mutter-und-Kind-Brunnens. Die Brüste der Frau glänzten golden von den Berührungen irgendwelcher Passanten, und ein technisches Problem führte dazu, dass sie ständig weinte. Lila küsste sie immer auf den Mund, wenn wir hier vorbeikamen, und dann redete sie mit der Statue, minutenlang manchmal. In diesen Momenten fühlte ich mich immer geborgen, denn ich wusste, dass Lila der Statue erzählte, wie sehr sie sie liebte und somit auch mich.

»Wie geht es dir?«, fragte Marissa mit Nachdruck.

Ich sagte, mir ginge es gut, und Marissa schnaubte. Es frustrierte sie, wenn ich nicht reden wollte und meine Gefühle nicht zeigte.

»Hör zu, Patty muss operiert werden«, sagte Marissa schließlich, als wir in das Uber stiegen, in dem es nach Wunderbaum und Rauch roch. »Und zwar in Paris, nächsten Monat. Eine Augen-OP, damit die Tränendrüsen wieder frei sind.«

»Warum in Paris?«

»Der Chirurg ist in ganz Europa der beste. Ich bezahle die Zugtickets, Sancho die Arztrechnung. Kommst du mit? Nur wir Mädels. Außerdem sprichst du Französisch.«

»Nach Paris?«

»Es geht alles auf mich«, sagte Marissa und betrachtete durchs Autofenster das sich nordwärts gentrifizierende London. »Granny könnte die Mädchen abholen, und wir wären vor dem Abendessen zu Hause. Klappt das mit deiner Arbeit?«

Ich war seit der Trennung nicht dort gewesen.

»Okay«, sagte ich. »Warum nicht.«

Durch die Kinder hatten sich Gaëls Depressionen verschlimmert, aber er vergaß gern, was für ein Rundum-Pessimist er schon lange vor seiner Vaterschaft gewesen war. Als ich ihn kennenlernte – bärig, fast bis zu den Augen bärtig –, wirkte er schmerzerfüllt, versehrt, was ich sofort seiner kürzlichen Rückkehr aus Bagdad zuschrieb. Er hatte für die Amerikaner gedolmetscht, aber wie sich herausstellte, war er nie außerhalb von klimatisierten Räumen gewesen, die nach neuen Möbeln rochen. Er hatte mit Krafttraining angefangen, weil der Irak – oder zumindest die grüne Zone in Bagdad – ihn unendlich gelangweilt hatte.

Unser Sex war dank Gaëls purgatorischer Qualen anfangs ziemlich kinky. Er packte und schleuderte mich. Wir taten alles miteinander, und als er einmal auf meinem Gesicht saß und ich ihm das Arschloch leckte, fragte ich mich, ob es so auch in seinem Herzen aussah: eine sich herabsenkende Schwärze und nur sekundenlang Zeit, um nach Luft zu schnappen.

Erst später begriff ich, dass die Angstzustände schon vor dem Irak da gewesen waren. Er erzählte, gegen seine Depressionen, die in der Pubertät begonnen hätten, habe keine der Therapien geholfen, die seine Mutter Béa für ihn bezahlte, und sie habe sehr darunter gelitten, ihm nicht helfen zu können. Irgendwann war Gaëls Verzweiflung darüber, dass er es nicht schaffte, seine Verzweiflung zu überwinden, größer gewesen als die Verzweiflung selbst.

Seltsam war, dass alle anderen – er arbeitete in London für Al Jazeera – Gaël für seelenruhig, ja unerschütterlich hielten, während ich abends mit dem tobenden Aufruhr fertigwerden musste. Mit mir wollte er reden, und nur mit mir, aber irgendwann – als Andréa und Lila auf die Welt kamen und unser Sexleben mehr oder weniger dem Schlaf wich – brachte es nichts mehr; als wollte man jemandem den Diabetes ausreden. Und er verbrachte immer mehr Zeit in Paris.

Ich drängte Gaël, sich ärztliche Hilfe zu holen. Ich erzählte von chemischem Gleichgewicht, Schaltkreisen, der Hauptplatine und alledem, aber Gaël glaubte, Medikamente würden ihn in einen Zombie verwandeln, und bat mich, ihn damit in Ruhe zu lassen.

Dann ging er nach Paris und kam nicht zurück.

Zu der Zeit nahm Andréa an der Schule wiederkehrende Muster durch und lernte, die Welt in simple Algebra zu übersetzen. Bald fanden wir diese Muster überall. Das Ticktack einer Uhr, die Heizkörperverschalung: A/B/A/B. Eines Tages im Frühling, als Papa schon lange fort war, entdeckte Andréa eine Straßenlaterne, die an und aus ging. »A/B/A/B!« Dann fragte sie plötzlich: »Was ist Papa?«

»Was Papa ist?« Ich war sehr müde. Ihr Gesicht war offen und wunderschön. Ich dachte an Gaëls typisches Stimmungsmuster. »A/A/A/A«, sagte ich.

»Non«, sagte sie. *»Il va à Paris./Il reste à Londres./Il va à Paris./Il reste à Londres. Ç'est A/B/A/B.«*

»Oui«, sagte ich, und die Lampe blieb mysteriöserweise dunkel. *»T'as raison.«*

Ein paar Wochen nachdem Marissa ihr Testament aufgesetzt hatte, begegnete ich Sancho vor ihrer Haustür. Es war früh am Morgen. Marissa hatte ein Uber bestellt, das uns zum Eurostar bringen sollte.

»Oh, hallo«, sagte Sancho. Er war ein hochnervöser Mensch, dem der Stress in den Schultern festsaß. »Wo sind die Mädchen? Musst du nicht zur Arbeit?«

»Sie sind in der Schule. Und ich warte auf die Endabnahme für meinen letzten Auftrag.«

Er säuberte einen seiner Fingernägel mit dem Autoschlüssel. »Ich verstehe nicht, was Grafikdesigner *tun*. Was macht ihr den ganzen Tag? Warum seid ihr so teuer?«

Ich wusste, dass das rhetorische Fragen waren, denn ich hatte sie ihm schon einmal beantwortet, und Sancho hörte nie richtig zu.

»Die Operation wird nicht wirklich helfen«, sagte er. »Früher oder später wird Patty blind, egal, was wir machen.« Er wirkte noch gestresster als sonst, und ich fragte mich, was los war. »Ich geb dir die Adresse.« Er hielt sein Telefon über meins, als wollte er für etwas bezahlen. Als die Daten erschienen, sah ich, dass die Tierarztpraxis im 20. Arrondissement lag, wo Gaël und Béa wohnten.

»Sag Missy« – so nannte er Marissa – »noch mal schöne Grüße. Okay?« Er schaute zu ihren Schiebefenstern hoch. »Sie ist niemals mein Tier gewesen.« Er drückte den Schlüsselknopf, und sein Auto begrüßte ihn blinkend. Als er die Fahrertür zuzog, schloss sie sich mit einem Specialeffect-Sound wie aus einem Weltraumthriller.

Marissas Wohnung hätte man als steril beschreiben können, aber in mir löste die Abwesenheit von Kindersachen ein Gefühl aus, als würde ich einen Wellnesstempel betreten. Ihr Reichtum hatte etwas Atmosphärisches; ich fühlte mich gleich darin eingeschlossen.

»Bist du so weit?«, rief ich.

»Ja!«, antwortete sie aus dem Schlafzimmer, kam aber nicht heraus.

Ich setzte mich im Wohnzimmer auf das Sofa. Auf dem Couchtisch lagen dicke Wohnmagazine und ein geöffneter Umschlag mit dem Logo der Camdener Anwaltskanzlei. Patty bemerkte ich gar nicht, bis sie mir auf den Schoß sprang. Marissa hatte einen Teppich ausgesucht, der zu ihrer Fellfarbe passte, und die Übereinstimmung war verblüffend. Wegen ihrer Rasse und ihrer Schädelform hatte sie Epiphora – ein beinahe konstantes Überfließen von Tränen – und hinterließ überall Pfützen, und diese Inkontinenz war es, die Marissa zwang, alle zwei Jahre den Teppich austauschen zu lassen, und für die Sancho die Arztrechnungen bezahlte.

Ich fragte mich, was Sancho so früh hier gewollt haben könnte. Vielleicht hatten sie Sex gehabt. Vielleicht war er gar nicht so angespannt gewesen, wie ich dachte, sondern bloß müde nach einer langen Nacht mit der Ex.

Ich fragte mich, ob ich Zeit haben würde, mich mit Gaël zu treffen. Wahrscheinlich nicht, und außerdem hatte ich Marissa nie von unserer kleinen Affäre erzählt, weil ich dachte, es könnte ihr missfallen.

Immer wenn Gaël nach London zurückkam, gab sein Gesichtsausdruck – vom Privileg, zu Besuch zu sein, erleichterte Vaterfreuden – mir das Gefühl, ich hätte einen mittleren Berg gehoben. Der Pythongriff seiner Depression hatte sich gelöst. Lag es an Paris? Am Abstand zu den Kindern? Von mir? An unserem neuen Sexleben? Einer radikalen neuen Therapie? Er hatte von EMDR erzählt, dem Versuch, seine Vorgeschichte (den abwesenden Vater, die dominante Mutter) durch Augenbewegungen loszuwerden.

Als Marissa hereinkam, sprang Patty von mir herunter. Marissas Haarspitzen waren vom Duschen nass.

»Sicher, dass du das nicht in London machen lassen kannst?«

»Stacey, der Mann ist der Beste. Der Beste! Das Netz ist sich einig.«

»Hast du deinen Reisepass? Und Pattys?«

Marissa hob die Katze hoch und wiegte sie in den Armen. »Mein Baby.« Sie betupfte die traurigen Augen des Tiers mit einem Taschentuch. »Keine Tränen mehr. Nie mehr.« Ihr Blick fiel auf den Brief von der Anwältin auf dem Couchtisch. »Hast du den aufgemacht?«

»Nein.«

Sie ließ Patty abrupt fallen und lief zum Fenster. Sancho war längst weg. »O nein«, sagte sie. »O nein, nein, nein.«

Patty gab auf dem ganzen Weg nach Paris kaum einen Laut von sich. Marissa wirkte im Eurostar nachdenklich und in der Métro genauso. Sancho beantwortete ihre Nachrichten nicht. Sie hätte das mit dem Testament mit ihm besprechen sollen, sagte sie. Er habe sie keineswegs gestrichen; er sei immer bedingungslos großzügig gewesen. Und jetzt kam sie und tat ihm so etwas an. »Ich glaube, ich habe etwas ins Rollen gebracht«, sagte sie, und in ihren angsterfüllten Augen spiegelte sich ein blinkender Bahnhofsname.

Wir stiegen an der Alexandre Dumas aus und liefen zur Rue des Orteaux. Für einen Innenstadtbezirk war das 20. Arrondissement ziemlich heruntergekommen, aber es hatte seine wohlhabenden Ecken. Der Büroturm war ein modernes Gebäude, und die Tierarztpraxis lag ganz oben.

Wir saßen im blassgrünen Wartezimmer, bis uns eine Sprechstundenhilfe in einen Nebenraum rief und die möglichen Folgen von Pattys OP aufzeigte (Erblinden, Lähmung, Tod), die ich zügig übersetzte. Ich sah, wie sich dabei Marissas Kiefermuskeln anspannten. Patty miaute.

Die Einverständniserklärung, die Marissa unterschreiben musste, war auf Französisch.

»Klingt es so weit in Ordnung?«, fragte sie mich.

»Soll ich das alles lesen?«

»Ich unterschreib's einfach. Okay. Ich unterschreibe einfach.«

Draußen angekommen, schob sich Marissa eine Träne weg. »Was, wenn Patty stirbt?«

»Sie wird nicht sterben«, sagte ich, obwohl sich mir schlagartig ein Bild der toten Patty in ihrer Transportbox aufdrängte.

Marissa prüfte wieder ihre Nachrichten. »Immer noch nichts von Sancho.«

»Hör mal, das Testament macht gar keinen Unterschied, solange nicht gerade der Tunnel einstürzt. Es hat sich nichts verändert!«

Marissa vergrub das Gesicht in den Händen. »Alles hat sich verändert.«

»Sancho ist skrupellos. Was meinst du, womit er überhaupt so viel Geld verdient hat? Bestimmt hat er sein Testament schon lange vor dir geändert.«

»Was, wenn er mir den Hahn abdreht? Zur Strafe für meinen Mangel an Respekt, an Vertrauen?« Sie erbleichte. »Er könnte einfach die Kreditkarte sperren.«

»Er würde dich vorwarnen. Er ist ja kein Monster.«

»Stell dir vor, wenn ich jetzt allein klarkommen müsste«, sagte sie und lachte beinahe.

»Ich glaube, du solltest was essen. Okay? Was Leckeres. Vergiss Sancho und Patty. Wir essen was, holen Patty ab, fahren heim.«

An der Métro gab es einen überdachten Markt; Buden mit Käse und Fisch und in Holzbottichen schwimmenden Oliven. Frauen in Hidschab und Sportklamotten und alte Männer mit Hackenporsche zogen durch die Reihen. Unter den Schutzdächern roch es betäubend nach guten Lebensmitteln. Komischerweise machte sich Marissa nicht viel aus Essen, trotz ihres guten Geschmacks und ihres leichtfüßigen Wohlstands. Abends reichte ihr manchmal ein gekochtes Ei.

Wir liefen zu einem Café, das ich kannte, aber unterwegs fiel mir eine entgegenkommende Frau auf. Ich setzte die Teile zusammen – kastanienbraunes Haar, blaue Augen, volle Brüste –, bis ich begriff, dass es Gaëls Mutter war.

»Stacey!«, rief Béa. »Was tust du denn hier?«

Sie drückte meine Arme ganz fest, als sie mich zur Begrüßung küsste.

»Meine Freundin muss ihre Katze operieren lassen. Die Augen.«

»Ihre Katze? Sie sind bestimmt nervös.«

»Oh, ich stehe total neben mir«, sagte Marissa. »Sie ist mein Baby, wissen Sie.«

Béa legte den Kopf schief. »Ich bin die Mutter von Gaël.«

»Wir kennen uns von der Hochzeit«, sagte Marissa.

»Wann holen Sie Ihre Katze ab?«

»In zwei, drei Stunden.«

Béa wandte sich an mich. »*Vous mangez avec moi?* Wir haben uns so lange nicht gesehen.« Sie drückte mir noch einmal den Arm. »Du gehörst immer noch zur Familie. *T'inquiet pas. Gaël travaille.*«

Ich war plötzlich neugierig, was Béa über uns wusste, und Marissa würde das haptische Abenteuer eines Besuchs in ihrem schönen Zuhause gefallen, also nahm ich an. Bald folgten wir meiner Schwiegermutter durch eine gesperrte Seitengasse. Ihr Haus war früher einmal eine Zeitungsdruckerei gewesen, und sie hatte die schmiedeeisernen Verzierungen erhalten. Das Mobiliar war größtenteils antik, aber es gab auch Designerstücke aus teurem Kunststoff in leuchtenden Farben.

»Oh!«, rief Marissa. »Ich liebe es!«

»*Merci*«, sagte Béa. »Wie alt ist Ihre Katze?«

»Sechs«, sagte Marissa. »Eine Blaue Perser.«

»Ja, das hört man, dass Perser problematisch sein können.« Béa holte eine Quiche aus dem Kühlschrank. »Nicht gerade aufregend, sorry. Ich dachte, ich esse heute allein.«

»Ich weiß nicht, was ich machen würde, wenn ich sie verliere. Ich würde sterben.«

Béa nickte. Sie schien nahbarer zu sein als sonst.

»Wo praktizierst du, wenn Gaël hier wohnt?«, fragte ich.

»Ich habe jetzt separate Praxisräume. Viel besser.«

»Ist es schön, Ihren Sohn bei sich zu haben?«, fragte Marissa.

»Natürlich. Aber er vermisst seine Kinder.«

Béa schenkte Weißwein in Bechergläser und schnitt die Quiche in großzügige Portionen. Wir redeten, und der Wein ließ das Gespräch verschwimmen. Es ging lange um das Schulsystem in Frankreich und England, dann um den Wohnungsmarkt und um den Müll auf Pariser Straßen. »Haben Sie jemand Besonderen in Ihrem Leben?«, fragte Béa plötzlich Marissa. »Einen Mann oder eine Frau an Ihrer Seite?«

»Mein Mann und ich leben getrennt. Aber ich habe einen Freund. In L.A.«

»Von einem geliebten Menschen so weit entfernt zu leben ist sehr hart.«

»Ja« sagte Marissa. Mir hatte sie nie erzählt, dass sie Hector liebte. »Vielleicht heirate ich ihn. Dann kriege ich ihn öfter zu sehen.«

»Ah, so kann man es auch machen.« Dann sagte Béa beinahe schelmisch: »Schaut uns nur an. Drei Frauen ohne ihre Männer. Geht es uns nicht blendend?«

Marissa blinzelte. »Blendend«, sagte sie. »Genau.« Angst blitzte in ihren Augen auf, und ich fragte mich, ob sie sich um Patty sorgte oder um Sancho und das Testament.

Béa tätschelte ihr das Handgelenk. »Bald haben Sie Ihr Kätzchen wieder.«

Béa erkundigte sich nach der Operation, und Marissa erklärte ihr die Epiphora, das ständige Tränenträufeln der Katze, die Drainage der *Puncta lacrima-*

lia. Sie erzählte, dass der Tierarzt in Onlineforen in den Himmel gelobt wurde. In einem Beitrag, sagte sie, habe eine Frau die Hände des Mannes detailliert beschrieben – wie feingliedrig sie waren, wie außergewöhnlich zart –, und nur ihm traue sie eine dermaßen heikle Operation zu.

»Gaël scheint es besser zu gehen«, unterbrach ich. Der Wein trieb mich dazu.

»Ja, nicht wahr? Ganz der Alte!«, sagte Béa. »Er schreibt es alles den Antidepressiva zu, aber da übersieht er, wie viel er selbst geleistet hat. Wie sehr er dafür bereit war. Ich glaube, es lag an seiner eigenen emotionalen Arbeit, nicht an den Tabletten.«

»Er ist zum Arzt gegangen?«

»Er nimmt ein bisschen Paxil.« Sie legte die Fingerspitzen aneinander. »Ich denke, das hat ihm geholfen, sich zu befreien.«

»Befreien?«

»Wie Houdini! Er hat sich endlich aus der Dysphorie befreit.«

»Ach«, sagte ich. »Schön.« Dabei verletzte es mich, dass er es endlich getan hatte, aber ohne mich. »Er hat jahrzehntelang gelitten«, sagte ich, um Béa wehzutun. »Schon seit seiner Kindheit.«

»Wahrscheinlich hätte ich das nicht sagen dürfen«, sagte Béa. »Wahrscheinlich ist es vertraulich.«

Ich spürte, wie mir die Tränen kamen, und schob das Gefühl beiseite. Regen tröpfelte gegen die Fenster und hinterließ ein eigentümliches Muster aus versprengten Punkten. Ich war verwirrt und überrumpelt – hatte ich mir nicht genau das gewünscht? Dass es ihm besser ging? Aber warum hatte er nichts gesagt? Und warum hatte er es nicht getan, als ich es ihm geraten hatte?

»Stacey. Stacey.« Béa legte eine Hand auf meine. »Es ist okay, nicht zu wissen, was man davon halten soll. Ich wusste es auch nicht. Was bedeutet das für mich und meinen Beruf? *Je sais pas. Je sais pas!* Ich hätte nie geglaubt, dass man jemandem bloß Tabletten zu verschreiben braucht, und schon ist er, oh, happy-happy. Und dann: *Boff*. Es funktioniert. Es ist beinahe langweilig.«

»Plant er umzuziehen?«, fragte Marissa. »Nach London?«

»Ich denke, er sollte erst einmal in Frankreich bleiben.« Béa klopfte sich mit den Knöcheln an die Schläfe. »Damit er gesund wird. Richtig gesund wird.«

Einen Moment herrschte Schweigen, und Marissa wechselte das Thema, indem sie Béa eine technische Frage zu einer der Leuchten stellte.

Unter dem Vorwand, die Endabnahme für mein Projekt sei gekommen, verschwand ich ins Wohnzimmer. Ich hatte insgeheim geglaubt, der Grund für Gaëls neues Glück wäre ich: unsere neue Verbundenheit, der wieder angefachte Sex. Warum hatte er nichts gesagt? War es ihm peinlich, schämte er sich? Und jetzt erfuhr ich es ausgerechnet von seiner Mutter.

Über der Kamineinfassung aus Beton hingen Fotografien meiner Töchter. Es war seltsam, sie hier zu sehen – als wäre ich in ein fremdes Haus geraten. Aber da waren sie: einmal in einem Pariser Spaßbad und einmal mit Gaël in einem Nadelwald. Er sah glücklich aus. Wie auch sonst.

Marissas Klingelton war zu hören, und es drang Gelächter aus der Küche. Vielleicht wegen Patty; vielleicht war sie nicht gestorben.

Ich lauschte, ob sie sich weiter unterhielten, dann folgte ich dem Flur zu Béas ehemaligem Behandlungszimmer. Für die Mädchen war es immer tabu gewesen. Jetzt schlief dort Gaël. Obwohl die Tür offen stand, verharrte ich auf der Schwelle, als dürfte auch ich den Raum nicht betreten. Die Vorhänge waren geschlossen, und es war dämmrig im Zimmer. Das Bett war gemacht. Ich konnte Gaël riechen. Ich fragte mich, ob es nicht seltsam war, in einem Zimmer zu wohnen, in dem so viel Schmerz preisgegeben wurde.

Als ich mich abwandte, entdeckte ich ein Taschenbuch auf dem Nachttisch. Neugierig drehte ich es um; der Titel war spanisch. Mir wurde kalt vor Angst. Gaël sprach kein Spanisch. Ich öffnete das Buch, wo es ein Eselsohr hatte. Gaël machte nie Eselsohren in Bücher; er hasste es, wenn ich es tat.

Ich ging in die Küche zurück. Marissa war vom Wein ein wenig gerötet, und als ich hereinkam, hörte sie abrupt auf zu lachen.

»Hat Gaël eine Freundin?«, fragte ich.

Béa presste die Lippen aufeinander. Es folgte ein angespanntes Schweigen. »Ja«, sagte sie schließlich.

»Wie heißt sie?«

Béa sah nicht aus, als würde sie es mir verraten, aber dann sagte sie: »Isabella.«

Sie räusperte sich. »Jetzt könnt ihr es unter euch ausmachen. Mich geht das nichts an.« Sie klang plötzlich geschäftsmäßig, und ich fragte mich, ob sie im selben Tonfall ihren Klienten sagte, dass ihre Zeit um war. In dem Moment wusste ich, dass sie gewollt hatte, dass ich es erfuhr. Nur deshalb hatte sie uns zu sich eingeladen. Um mir zu zeigen, dass er sich nicht nur von sich selbst befreit hatte, sondern von mir.

In der Tierarztpraxis rief ich Gaëls Instagram auf, aber es waren nur Essensfotos und Skylines zu sehen. Ich scrollte seine Follower durch, und da war sie, ganz unten: Isabella Colas. Sie war Interior Designerin, kam aus Sevilla und hatte einen öffentlichen Account. In ihrem Feed ein Foto von den beiden zu finden war einfach, weil es das einzige ohne antike Möbel war. Getagt hatte sie ihn nicht. Unter dem Foto stand ein Herz-Emoji, das mit den Flügeln, und daneben »Gigi«, der Spitzname, den auch Béa benutzte. Isabella hatte kleine, weit auseinanderstehende Augen.

Ich spürte Marissas Blick auf dem Foto ruhen, während wir warteten, dass Patty aus der Narkose erwachte.

Behutsam legte ich das Telefon beiseite, weil ich befürchtete, meine Zähne hineinzuschlagen. Aber gleich darauf erklang ein anschwellender Ton, und ich begriff, dass er von mir kam; dass ich endlich weinte.

»Da denke ich die ganze Zeit, er kommt zu uns zurück, und *er hat eine Freundin*? Und was zur Hölle, jetzt, wo er in Behandlung ist, ist er auf einmal *Houdini*?«

Ich hatte ihm seine Flucht verziehen, weil ich glaubte, dass er litt. Aber das hier war armselig, beleidigend. Ich hatte nie gedacht, dass er ein Lügner sein könnte.

Im nächsten Moment tippte ich zweimal auf das Foto und schaute zu, wie das Herz-Icon aufploppte. Dann verlor ich jede Hemmung und likte jeden einzelnen von Isabellas Posts, bis, wo auch immer sie in Paris über die Boulevards flanierte, ihr Telefon von so vielen Benachrichtigungen vibrieren musste, dass sie meinen Namen bemerkte und mich blockierte.

Marissa nahm das Handy und schaltete es aus. »Es tut mir leid«, sagte sie. »Aber nicht, dass *er* weg ist. Ich meine, komm schon. So ein Miesmacher. Gut aussehend, ja, aber mein Gott! Ouh!« Sie wechselte in ihren fake-französischen Akzent, obwohl wir in Frankreich waren, unter echten Franzosen. »›Ich bin so *traurich*. Ah, mein Herz, diese Schmerzen!‹ Kinder machen einen nun mal traurig! Sie können nicht anders. Da muss man durch. Am Ende werden es wunderbare Menschen – und dann *killt* einen der Gedanke, dass sie je gehen könnten. Glaubst du, Sancho wäre nicht gerne abgehauen? Wir wollten *alle* flüchten. Niemand bleibt freiwillig. Aber *sie* sind am Ende die große Liebesgeschichte. Unsere Kinder. Niemand sonst.«

»Wir haben wieder miteinander geschlafen.«

»Oh, Stacey!«, sagte sie und wedelte mit den Fingern, als hätte sie sich in einer Tür geklemmt. »Autsch, autsch, autsch.«

Wir saßen eine Weile nur da. Die grünen Wände erinnerten mich an Pistazieneis. »Schau uns nur an«, sagte Marissa wieder mit ihrem französischen Akzent. »Zwei Frauen ohne ihre Männer.«

»Hör schon auf«, sagte ich. »Ich kann sie echt nicht leiden.«

Ich musste an die Mutter-und-Kind-Statue in London denken, daran, wie die Frau immer weinte. Ich hatte nie um unser Ende geweint, weil ich nicht an das Ende hatte glauben wollen. Aber jetzt hatte Gaëls Betrug mein eigenes Muster durchbrochen: Ich verzeihe ihm, ich verzeihe ihm, ich verzeihe ihm. Auch ich war A/A/A/A/.

Mein Muster war die Geduld.

Und ein Schrei.

AAAA!!!

Die Sprechstundenhilfe rief Marissa zu sich. Es mussten Dokumente unterschrieben werden, dann steckte Marissa ihre Kreditkarte in das Gerät. Sie wartete, die Augen auf die Maschine geheftet, auf eine Zurückweisung, aber die Zahlung wurde problemlos akzeptiert.

»Weißt du, so ein Testament muss erst noch beglaubigt werden«, sagte ich, als sie sich neben mich setzte. »Du musst es unterschreiben, und die Anwältin muss die Unterschrift bezeugen. Also ist nichts offiziell. Jedenfalls noch nicht.«

»Ach«, sagte Marissa herzlich. »Tatsächlich? Schön. Schön. Das wird Sancho freuen. Ich sage es ihm. Noch ist nichts verloren. Nichts verloren.«

Kurz darauf kam der Tierarzt durch die Flügeltüren. Er trug eine Maske und eine Kappe, aber selbst darunter konnte ich erkennen, dass er eine Glatze hatte. »Madame?«

Da er meine rot geweinten Augen bemerkte, wandte er sich an mich.

Patty lag mit zwei Augenpflastern im Operationssaal und schnurrte. »Es war wundervoll«, sagte er. »Aber so winzige Gänge, ah! *Miniscule!*«

Marissa kraulte Patty hinter dem Ohr, und das Ohr zuckte bei der Berührung. »Ich bin so froh«, sagte sie mit goldfließender Stimme. »Oh, ich bin so glücklich.«

»*Ne pleurez pas, Madame.* Nicht weinen«, sagte der Arzt zu mir. Ohne Vorwarnung nahm er meine Hand, und mir fiel auf, wie recht die Leute in den Foren hatten – er hatte wirklich sanfte, zarte Hände. »Bald wacht sie ja auf.«

Peek-a-Boo

Eines Abends im Juli, als ich nicht einschlafen konnte – das Baby drückte auf meine Blase –, rief mich Carin Mollare an. Sie entschuldigte sich für die späte Störung, dann sagte sie, Daddy und seine Freundin hielten die Wohnung in Riccione besetzt. »Wir haben die 25. und 26. Woche gebucht. Ich habe ihm die Bestätigung gezeigt, aber er weigert sich zu gehen.« Er habe ein zweites Türschloss angebracht, sagte sie.

Carin und ich hatten uns bei Urlauben im geteilten Ferienhaus gut verstanden, aber länger keinen Kontakt gehabt. »Ihr nehmt doch sonst immer das Erdgeschoss«, sagte ich.

»Wir haben uns ein Upgrade gegönnt«, sagte sie, »nach dem Lockdown.«

Ich fragte, ob nicht die Hausverwaltung die Sache regeln könne.

»Die sitzt jetzt in Montenegro«, sagte Carin. »Niemand hat deren Telefonnummer.« Sie erzählte, dass sie sich ein Hotel hatten suchen müssen und dass ihr Ehemann wütend war. »Würdest du mit deinem Vater reden? Auf dich hört er am ehesten.«

Ich wählte Daddys Nummer, aber er ging nicht dran. Nach einigem Nachdenken rief ich Box an. »Daddy hat sich im Ferienhaus verschanzt«, sagte ich.

»Oh«, sagte sie. »Und was heißt das?«

»Er lässt die nächsten Mieter nicht rein. Carin und Egil.«

Egil kannte ich als breitschultrig, konfrontativ, und ich wollte nicht, dass Daddy sich mit ihm anlegte. Wenn ich Box überreden konnte, mit mir dort hinzufliegen, vielleicht konnten wir ihn dann gemeinsam da rausholen. Aber Box hatte sich in Bezug auf Daddy – und auf seine beinahe halbjährlichen »Vorfälle« – strikte Nichteinmischung verordnet; in Riccione war sie seit Jahren nicht mehr gewesen. Andererseits hatte sie zwei Lockdowns in einer Wohnung ohne Garten durchlitten und sehnte sich wahrscheinlich nach einem Tapetenwechsel. »Wie wär's, wenn wir zusammen hinfahren würden? Als Ausflug? Ihn da rausholen? Darfst du denn noch fliegen?«

Box war ein bisschen weiter als ich, in der 34. Woche.

»Was können wir schon tun?«, fragte sie. »Zwei schwangere Zwillinge. Die Tür eintreten etwa?«

»Carin hat das Penthouse gebucht. Wir könnten ihn zu einem würdevollen Abgang überreden. Wir müssen verhindern, dass die Sache eskaliert.«

Box seufzte. Oft tat sie, als wäre es nicht schlimm, was Daddy anstellte, oder sie sagte so was wie: *Vergiss ihn. Er ist ein aussichtsloser Fall.* »Und die Arbeit?«, fragte sie. »Wird Milo dich nicht brauchen?«

Als Milos persönliche Assistentin war ich praktisch immer auf Abruf, aber in letzter Zeit war er rücksichtsvoller gewesen – wegen meiner Schwangerschaft und weil sich sein neues Filmprojekt verschob. »Es sind bloß ein paar Tage.«

»Meinetwegen!«, seufzte Box schließlich.

»Perfekt! Wir fliegen morgen und kommen am Samstag wieder.« Ich scrollte auf der Website der Airline herum, um uns Sitzplätze zu buchen. »Der Flug nach Rimini geht um zehn nach zehn«, sagte ich. »Der nach Ancona ist der frühere. Bring's nicht durcheinander.«

»Am Samstag fliege ich zurück, Ani«, sagte Box noch. »Ob mit oder ohne dich.«

Daddy liebte Riccione. Dort fühlte er sich am wohlsten, sagte er, aber es war auch der Ort, wo zuverlässig alles schieflief. Ich fragte mich oft, ob er sich in seinem Trashparadies den Rest gab wie Nicholas Cage in *Leaving Las Vegas*. Vielleicht war ich überdramatisch, aber nach den Lockdowns konnte ich nicht anders, als die Welt durch einen hypertödlichen Filter wahrzunehmen. Obwohl Juli war, lauerte das Virus in London überall. Die Leute waren dankbar, das Schlimmste überstanden zu haben, aber sie liefen kopflos durch die Straßen, wie halbe Zombies. Ich selbst fühlte mich meistens ein bisschen taub.

In dem Flugzeug, mit dem wir reisten, roch es nach aufgewärmtem Ciabatta und flüssigem Käse. Obwohl es nicht einmal Mittag war, wurden über die Bordlautsprecher in einem sich halbstündig wiederholenden Sermon Rubbellose und Wodka angepriesen. Wegen der Pandemie waren nicht viele Passagiere an Bord, was die Teilnehmerinnen eines Junggesellinnenabschieds – die trotz des kühlen Luftstroms sehr leicht bekleidet waren – zu extragroßer Lautstärke antrieb.

Ich hielt nach der Braut Ausschau, bis ich sie schließlich entdeckte: Sie trug einen mit zwei wippenden Penissen verzierten Haarreif, was mich an meinen Traum von letzter Nacht erinnerte. In letzter Zeit hatte ich ständig erotische, aber gleichzeitig vage bedrohliche Träume. Ich hatte meine Hebamme gefragt, warum in meinem Kopf diese unaufhörliche Peepshow lief. Sie hatte peinlich berührt irgendetwas vom pränatalen Blutfluss in den Genitalien gemurmelt.

Box hatte ein Magazin aufgeschlagen: Fotos von zwei amerikanischen Schauspielerinnen auf Mauritius in mikroskopischen Badesachen. »Guck dir die Wimpern an.« Box betrachtete ein Detailbild. »Unglaublich.«

»Nerzhaar.«

»Ich frage mich immer, wie Schauspieler mit dem Lockdown klargekommen sind. Haben die nicht unter der Anonymität gelitten?«

»Die sind jetzt in Therapie«, sagte ich. »Milos Freunde haben alle die Vollkrise bekommen.«

»Und Milo?«

»Für Milo war der Lockdown ›die Chance, sich mal neu zu sammeln‹«, log ich. »So einer ist das.«

Box rutschte sich im Sitz zurecht, sah aber immer noch unentspannt aus. Ich fand es komisch, dass ihr Bauch dicker war als meiner, weil ich so daran gewöhnt war, dass wir identisch aussahen. Unsere Zwillingsschwangerschaften luden jeden zu peinlichen Bemerkungen ein. Die Leute vergaßen die dunkle Materie der Spermien und taten, als hätten wir die Babys per Autosuggestion gezeugt. Ob wir mit Zwillingen schwanger seien? Ob die Babys Zwillinge seien? Ob sie gleich aussehen würden? Ich konnte verstehen, dass sie etwas Märchenhaftes in uns sehen wollten, etwas

Mythologie, vor allem nach der realen Horrorshow des vergangenen Jahres. Und mit unseren Schwangerschaftsmasken – einer von querschießenden Hormonen ausgelösten Überpigmentierung – sahen wir noch merkwürdiger aus.

Box schaute aus dem Fenster. Das Flugzeug flog durch Wolken, und das Licht auf ihrer Haut flackerte und blieb. »Ich habe mich so erschrocken, als ich Daddy im Krankenhaus besucht habe. Er sah schlimm aus.«

Über so etwas redete meine Schwester selten.

»Er ist sehr krank«, sagte ich, obwohl wir nicht genau wussten, wie krank er wirklich war oder noch werden würde. Daddy hatte seine Schmerzen einmal als *heimisch* beschrieben, aber bei ihm wusste man nie, ob es physische oder psychische Schmerzen waren.

Ich fragte mich, ob Riccione der Ort war, wo er sterben wollte, oder der, wo er sich am lebendigsten fühlte. Manchmal versuchte ich, mir vorzustellen, wie ein Leben jenseits von Daddys Tod aussehen könnte, aber ich kam nie weit, weil ich nicht wusste, wer ich ohne ihn sein würde. Am meisten erschreckte mich, dass ich manchmal nicht nur Trauer auf mich zukommen sah, sondern Freiheit.

»Hast du ihm gesagt, dass wir kommen?«, fragte Box.

»Noch nicht.«

»Ist Martine auch da?«

Martine war Daddys Freundin. »Yep.«

»Also, was ist der Plan?«

»Wir bieten ihm ein kostenloses Hotelzimmer an. Freigetränke. Einen Wellnesstag. Zwei nagelneue Babys. Keine Ahnung. Alles, was hilft.«

Von der Junggesellinnengruppe drang wieherndes Gelächter herüber. Ein Flugbegleiter feuerte die Frauen bei einem Trinkspiel an.

»Meinst du wirklich, dass du das schaffst?«

»Klar«, sagte ich. Ich hatte Milo einmal überredet, zu einem Presseinterview nach L.A. zu fliegen, obwohl er am nächsten Abend einen Auftritt im Donmar hatte. »Das ist meine Stärke.«

»Die hat dich ja weit gebracht, oder?«, fragte Box in einem überraschend bitteren Tonfall.

Ich ging nicht darauf ein. Daddy war das einzige Thema, bei dem wir uns stritten. Wir waren nie einig, wie wir mit ihm umgehen sollten. Ich hatte mich lange an die naive Vorstellung geklammert, dass am Ende die Liebe triumphieren und er zu uns zurückkehren würde. Box fand, ich solle ihm drohen, mit ihm zu brechen, und es dann auch durchziehen. Wahrscheinlich hatte sie recht, aber ich brachte für eine Intervention nicht die nötige Energie auf. Ich war immer da, wenn er mich brauchte.

Box legte die Zeitschrift weg und startete auf ihrem iPhone einen Hypnobirthing-Track.

»Meinst du wirklich, dass das funktioniert?«, fragte ich, um doch noch einen Ausgleichtreffer zu landen, aber sie hatte schon die Augen geschlossen und war irgendwo tief in sich selbst versunken.

Im Flugzeug war es ruhig geworden. Ich versuchte zu schlafen, aber es ging nicht. Ich musste an Daddy denken, wie er sich in der Wohnung verschanzt hatte. Vor Kurzem hatte ich mit dem Kind einer Freundin eine Folge von *Thomas und seine Freunde* gesehen, in der

Henry sich weigerte, einen Tunnel zu verlassen, weil der Regen seiner Karosserie hätte schaden können. Aber selbst als der Regen aufhörte, kam er nicht heraus. Das war gefährlich – nicht zu arbeiten, sich nicht nützlich zu machen. Passagiere versuchten, ihn aus dem Tunnel zu ziehen, zu schieben, und der dicke Kontrolleur drohte und fluchte. Als das alles nichts half, mauerten sie Henry in dem Tunnel ein, aber nur bis zu den Augen, damit er für immer die Sonne und die Welt sehen konnte und wie die glücklichen Züge Gordon und Thomas – gewerkschaftsferne weiße Cis-Bro-Lokomotiven quasi – an ihm vorbeizogen, *hup, hup, hup!*. »Und da blieb er dann«, sagte die Erzählerstimme, »für immer und ewig.«

Ich dachte an meinen armen Daddy, dann betrachtete ich meine schöne Zwillingsschwester und nahm ihre Hand.

Im hohen, blau emaillierten Licht begann das Flugzeug den Sinkflug, und Riminis verpixelte Dächer rückten ins Blickfeld, von Eisenbahnschienen durchschnitten, dann der mit Schirmen übersäte Strand, und da war der Flughafen, zum Landeanflug geneigt, und das Gepäck rumpelte in den Fächern, bis das Fahrwerk aufsetzte – einmal, zweimal – und mir das Baby die Organe nach oben presste, dass mir fast die Luft wegblieb, und die Junggesellinnen sangen: »Here we go, here we go, here we go.«

Unser Hotel war vom Schauplatz der Belagerung gleich um die Ecke. Die Empfangsdame übergoss uns mit einem Redeschwall *(Gemelle! Incinta?!)* und sprühte die Schlüsselkarten mit Desinfektionsmittel ein, bevor sie

sie uns überreichte. Sie folgte uns zum Fahrstuhl, pumpte mit den Armen wie an einem Pumpenschwengel und rief: *»In bocca al lupo! In bocca al lupo!«*

Im Fahrstuhl schauten uns aus dem unendlichen Spiegelraum um die achttausend identische schwangere Frauen entgegen.

Box betrachtete unsere Ebenbilder. »Wo soll das alles noch enden?«

Wir ruhten uns von dem frühen Start in den Tag aus, und beim Aufwachen dachte ich an Lucca, den Vater meines Kindes und zufällig Italiener. In letzter Zeit verlor sein Gesicht an Konturen. Wir hatten uns über eine App kennengelernt und verbotene Nächte miteinander verbracht, als unser Premierminister das Motto »ganz oder gar nicht« ausgab. Lucca hatte sich um das Baby kümmern wollen, und ich hatte ihn abgewehrt. Andere Mütter versicherten mir, ich würde bestens allein zurechtkommen, aber ich sah ihnen an, dass sie logen.

Box schlief noch im anderen Bett. Ich trat auf den Balkon, wo die Sonne die samtigen Blüten der Geranien zum Leuchten brachte. Motorräder strömten vorüber, und manche radelten mit den City-Bikes zum Strand, wo nordafrikanische Männer mit Bauchläden Waren anboten. Die Leute trugen Masken und blieben auf Abstand zueinander, aber hier war der Sommer ausgebrochen, machtvoll wie ein Vulkan.

Die Hitze war wundervoll, beinahe zudringlich. Ich schloss die Augen und spürte ihren Druck auf meinen Lidern. Es fühlte sich an, als hätte ich einen Unfall überlebt.

Mein Telefon pingte. Milo wollte seine frühere Wohnung in King's Cross verkaufen, und die Käufer stellten in letzter Minute neue Forderungen. »Also, die Käufer fordern eine Versicherung dagegen, dass die Mieter nicht versichert sind«, sagte er, als ich zurückrief.

»Was soll das sein?«, fragte ich. »Eine Versicherung gegen Versicherungen?«

»Keine Ahnung. Findest du's bitte raus?« Eine Vespa knatterte vorüber. »Wo bist du?«

»In Kilburn«, log ich. »Ich schau's mir an.«

Box bat mich, ruhig zu sein, und ich schloss die Schiebetür.

»War das Mary-Kate?«, fragte Milo; einer seiner Lieblingswitze. Er hatte einmal Box und mich mit den Olson-Zwillingen zusammen in Mayfair zum Dinner eingeladen, was atmosphärisch nicht so richtig aufgegangen war.

Ich legte auf und schrieb seinen Anwälten, sie sollten die Versicherungskosten anderswo wieder rausholen. In dem Bild, das ich mir von mir und Milo machte, war ich eine Höhle, und wenn er in mich hineinsprach, gab ich seine Worte als Echo wieder: eine Metapher, die mir geholfen hatte, fünf Jahre in diesem Job als seine persönliche Assistentin zu überstehen. Aber seit Daddy so krank war, überkam mich manchmal unerwartete Wut auf Milo. Diese neuen Gefühle machten mir Angst; wenn ich sie auch nur andeutungsweise zum Ausdruck brachte, würde ich schließlich meinen Job verlieren, und Milo graute jetzt schon vor der Geburt des Kindes. Außerdem fragte Milo ständig nach Lucca, als wäre Lucca ein großes Mysterium, das ich ihm absichtlich vorenthielte. Es war eine seltsame Beziehung, die ich mit ihm hatte: mal Freundschaft, mal Verwandtschaft, aber hauptsächlich Dienerschaft.

Das Baby drehte sich, und sein Schädel schob sich vor. Ich streichelte ihn, dann schob ich ihn wieder zurück. Wenn der Junge ein bisschen früher kam, wäre sein Sternzeichen Jungfrau, wie das seines Cousins – genetisch gesehen waren sie auf irgendeine hirnerweichende Weise Halbgeschwister.

Ich bekam eine WhatsApp von Daddy: *Kennst du Red Velvet?*

Den Kuchen?

Eine K-Pop-Gruppe. Er schickte mir den YouTube-Link zu einem Song namens »Peek-a-Boo«; auf dem Thumbnail waren sexy koreanische Frauen zu sehen. *Das musst du dir ansehen«,* schrieb er. *»Die haben echt was drauf.* Ich wusste gleich, dass sich Daddy das Video in Dauerschleife angeschaut haben musste. Seit er im Ruhestand war – seit seiner Frühpensionierung als Bauingenieur –, entwickelte er Obsessionen für die seltsamsten Dinge: eBay, Aldi, K-Pop.

»Daddy, wir sind in Riccione, Box und ich.«

Die App sagte: »Daddy tippt …«, dann wechselte die Anzeige zu »online«.

Carin Mollare sagt, dass du die Wohnung nicht freigibst, schrieb ich. *Die sind sauer, Daddy. Sie haben für das Penthouse bezahlt. Jetzt mussten sie sich im Hotel einmieten.*

Ich wartete auf die zwei blauen Häkchen, aber sie blieben grau.

Box kam in einem engen schwarzen Kleid mit einer Tasse Kaffee auf den Balkon.

»Hübsch siehst du aus«, sagte ich.

»Danke, Babes.« Sie machte ein Kussgeräusch. »Gott, wie ich diesen Ort hasse.« Box schloss die Augen, als müsste sie sich zusammenreißen.

»Danke, dass du hier bist«, sagte ich. »Ich weiß, wie ungern du das tust.«

»Das eine Mal begleite ich dich. Aber das war's dann. Danach bin ich am Strand. Verstanden?«

»Ja«, sagte ich. »Okay.«

Ich folgte Daddys Link, und wir schauten uns »Peek-a-Boo« an. Das Video war extrem adrenal: fünf koreanische Frauen, die einen amerikanischen Pizzaboten in eine tödliche Falle lockten und dabei brillante Choreografien tanzten. Sie hielten die Finger wie eine rotierende Lupe vor ihre Augen.

Danach kippte Box ihren Rest Kaffee in den Balkonkasten. »Daddy ist so seltsam.« Sie richtete ihren Liegestuhl nach der Sonne aus. Wahrscheinlich verschlimmerten wir unser Melasma, aber ab irgendeinem Punkt schien in einer Schwangerschaft alles schlimmer zu werden – besser jedenfalls nicht.

»Diese Hitze. Die ist *magisch*, oder?«, sagte Box.

»Ein Elixier.«

Daddys gemeinschaftliche Ferienwohnung lag in einem modernen Gebäude, auf deren Fassade ein zehn Meter hoher Fußballer im Barcelona-Trikot Werbung für Cheetos machte. Der Aufzug war winzig, und Box und ich passten mit unseren Bäuchen nicht rein, also nahmen wir die Treppen.

Außer Atem oben angekommen, hörten wir Musik aus

der Wohnung dringen. Ich erkannte gleich den Song, den Daddy mir geschickt hatte.

Ich klopfte. »Daddy, wir sind's!«

Ich wusste nicht, ob er meine letzte Nachricht gelesen hatte.

Hinter dem Türspion wurde es kurz dunkel. »Ich bin es, ihr beiden«, sagte Martine. »Ich hole mal euren Vater.« Martine – die immer aufgebrezelt war, selbst beim Frühstück – trug in unserer Gegenwart Nachtwäsche, Slip und Spitzenhemdchen und sagte, sie fühle sich eher wie unsere Schwester als wie Daddys Freundin. Box und ich hassten sie beide.

»Boxy! Wie bist du gewachsen!«, erklang Daddys Stimme hinter der Tür. »Und du auch, Ani. Ah, ist das schön, euch zu sehen!«

Ich wusste, dass er in der Hochphase seines Suffs war. In dem Stadium wirkte er richtig charmant – alle wollten ihm Gutes tun und ihn glücklich machen –, aber bald würde er abrutschen.

Ich erklärte, dass wir gekommen waren, um ihn aus der Wohnung zu bewegen; dass die 25. Woche für Carin reserviert war.

»Blödsinn! Für die 25. Woche habe ich bezahlt.«

»Daddy, lässt du uns rein?«

»Tut mir leid, Mädels, aber vielleicht lauern sie gerade jetzt auf der Treppe.«

Box öffnete die Tür zum Treppenhaus. »Da ist niemand.«

»Das ist eine Falle. Sie waren heute drei Mal hier. Ich musste einen Riegel einbauen.«

Ich bemerkte, dass Box auf ihre Hypnobirthing-Atmung umstellte.

»Cos'è tutto questo rumore?!«, rief eine Frau aus der gegenüberliegenden Wohnung.

»Scusi, signora!«, schrie mein Dad.

»Was ist das hier?«, fragte Box mich leise. »Sind wir in eine Farce geraten?«

»Nur zwei Minuten. Bitte.«

»Le mie figlie sono qui da Londra!«, schrie mein Dad. *»Quindi lasciali entrare dentro, buffone!«*

»Ich kann das nicht«, sagte Box. Sie gab mir einen Kuss, aber ich konnte sehen, wie verängstigt sie war. »Wir sehen uns am Strand.«

Mir schwirrte der Kopf, als ich ihr nachsah.

»Boxy ist sauer auf mich«, sagte Daddy.

»Stimmt«, sagte ich. Auf einmal fühlte ich mich traurig, enttäuscht. »Daddy, wenn du rauskommst, kannst du direkt neben uns wohnen. Das Hotel ist leer. Urlauben wir ein bisschen alle zusammen, ehe die Babys da sind.«

»Ich kann einfach nicht«, sagte er, genau dieselben Worte wie als ich ihm im Krankenhaus gesagt hatte, dass er mit dem Trinken aufhören musste.

Ein gefalteter Zwanzigeuroschein schob sich unter der Tür durch. »Willst du dir nicht ein Gelato holen, Ani? Du bist bestimmt müde.« Der K-Pop-Song verstummte und fing von vorn an. »Martine lernt die Choreografie. Das ist schwer, ja? Man schwitzt schon beim Zuschauen. Diese Mädels sind so talentiert. Hast du's dir angesehen?«

»Ja, habe ich«, sagte ich und hörte selbst die Nulllinie in meiner Stimme.

»Peek-a-Boo«, sagte er. Hinter dem Türspion blitzte Licht auf, und ich dachte an das Spiel, das Erwachsene mit Kindern spielen: das, bei dem der Erwachsene verschwindet.

Als wir fünfzehn waren, nach der Trennung unserer Eltern, hatte Daddy aus unserem Haus ein Partyhaus gemacht. Box und ich waren immer beliebt gewesen – eineiig, skandinavisch –, aber das steigerte sich noch, als unser frisch geschiedener Dad unseren Freunden zu trinken und zu rauchen erlaubte und sich oft sogar selbst dazugesellte. Zu der Zeit war er Raucher, und es gab immer stangenweise zollfreie italienische Zigaretten, und im Kühlschrank gab es Bier, an dem sich die Jungs frei bedienen durften. In unserem Dachbodenzimmer verloren mehrere Freundinnen ihre Unschuld. Sonntags war alles voller Körper; Daddy verkohlte Speckstreifen in der Pfanne, auf dem Küchentisch stand ein Krug Bloody Mary, und immer neue Kids kamen halb nackt und hungrig zum zeitlosen Frühstück.

Daddy verdrängte, dass die Sauferei schon vor der Scheidung begonnen hatte. Er erinnerte die ganze Sache anders: als hätte der ganze Ärger erst mit der Trennung angefangen und wäre irgendwie darauf zurückzuführen.

Ich weiß noch, dass ich mit dem Feiern am liebsten Schluss gemacht hätte und es doch nicht konnte. Unsere Freunde liebten es. Vermutlich war das manipulativ von Daddy – ein abgekartetes Spiel –, aber eine toxische Beziehung erkennt man nicht, während man drinsteckt, und schon gar nicht als Kind. Unter dem Vorwand, für Klausuren lernen zu wollen, hörte Box irgendwann mit den Wochenendbesuchen auf und blieb bei unserer

Mutter. Aber ich machte weiter. Ich hatte festgestellt, dass, wenn ich so tat, als ob sein mieses Verhalten mir nichts anhaben könnte, dass es dann beinahe stimmte.

Ein paar Tage lang weigerte sich Daddy, uns hereinzulassen. Er sagte, es sei ein Hinterhalt; wenn er die Tür öffnete, würden Carin und ihr Mann sich hindurchdrängen. »Ich weiß, dass ihr befreundet seid!«, rief er mir zu. »Ich weiß, auf wessen Seite du stehst!« Ich musste wieder an die Lokomotive Henry denken, die im Tunnel eingemauert war und mit vor Qual starren Augen über die Mauer spähte. Das steigerte meine Entschlossenheit, Daddy da rauszuholen.

Carin schrieb, um mich daran zu erinnern, dass ihre Reiseversicherung das Hotelzimmer nur bis Samstag zahlte.

Box hatte gesagt, dass sie den Rest der Zeit am Strand verbringen wollte, aber ihre Regeln, ihre Grenzen – die hielten diesem Ausmaß an Auflösung nicht stand, diesem Ausmaß an Chaos. Jeden Morgen begleitete sie mich zu der Wohnung. Wir redeten durch die Tür mit Daddy, redeten ihm zu wie einem Komapatienten.

Wir sagten: »Das ist deine letzte Chance.« (Ich.) »Geht dir nicht bald der Sprit aus?« (Box.) »Ich mach dir die Choreografie vor. Ich hab sie gelernt. Ich könnte sie mit Martine zusammen tanzen.« (Box, überraschenderweise.) »Ich glaube, mein Kind kommt zu früh.« (Ich.) »Wenn du mich nicht reinlässt«, (ich), »komme ich nie wieder nach Riccione.«

Nichts.

Ich hatte für Daddy schon größere Probleme gelöst,

aber bisher hatte er mitgespielt oder sich gefügt wie ein Baby. Jetzt waren da nur wir und die Tür, und diese Tür – geschlossen, wie sie war, und verriegelt – wirkte erschreckend symbolisch.

»Ich bin die Tür«, sagte Daddy einmal, als wäre er Jesus Christus persönlich.

Ich schrieb Carin und bat sie um Aufschub. Sie lehnte ab. Ich bat sie um ein Treffen. Davon hielt sie auch nichts. »Hör zu«, schrieb sie. »Am Samstag ruft Egil die Polizei. Bis dahin konnte ich ihn vertrösten. Es tut mir leid, Ani, ich weiß, dein Dad hat so seine Probleme.«

Jedes Mal wenn Daddy nicht die Tür aufmachte, gingen Box und ich zu einem Springbrunnen am Ende des Häuserblocks und schlugen die Zähne in Eiscreme aus der *Gelateria*. Eines Tages, als wir ins sich schlängelnde Wasser blickten, kam ein Strandverkäufer auf uns zu und präsentierte uns Sonnenbrillen, Halsketten und Nippes.

»Wo kommt ihr her?«, fragte er.

»Aus London«, sagte Box. »Und du?«

»Angola«, sagte er. »Ein sehr schlechtes Jahr für euch.«

»Yep«, sagte Box, »sehr schlecht.«

Ich kaufte zwei Sonnenbrillen und einen Brieföffner für Daddy. Er war hübsch, mit Rosenschnitzereien verziert, und das Einzige, das unter der Tür durchpassen würde. Das war eine bewährte Strategie: Geschenke hatten schon mehrmals geholfen.

Der Verkäufer kassierte, dann drehte er mir die Handflächen nach oben. Es war eine fast zärtliche Geste, als müsste ich als Nächstes den Mund öffnen und würde eine Oblate bekommen. Stattdessen gab er mir zwei Spritzer Desinfektionsmittel. Das bereits verdunstende Gel roch nach Alkohol und dem vergangenen Frühjahr. »Viel Glück mit euren Babys.«

»Dir auch«, sagte ich.

Box setzte ihre Sonnenbrille auf.

»Nicht weinen«, sagte er zu ihr.

»Klar«, sagte sie und aß von ihrem Eis. »Okay.«

Wir sahen ihm nach, als er ging.

»Ach«, sagte Box, und die Tränen liefen unter den dunklen Gläsern hervor. »Das ist alles zu schwer.«

Und dennoch – trotz allem war es praktisch unmöglich, sich nicht zu entspannen. Die Hitze war ein Tonikum. Das Meer genauso. Riccione hatte etwas von einem Seebad, als wären wir nach Jahren der Seuche dort zur Kur. Wir aßen einen ganzen Haufen verbotene Krustentiere, gesäuerte Meeresfrüchte, die uns in den Mundwinkeln brannten. Durch die Sonnenbräune sah das Melasma weniger wild aus. Ich schlief tief, und meine Träume waren immer noch erotisch, aber ohne den sadistischen Tremor von vorher. Jeden Morgen verbrachten wir mit der Tür, aber der Rest des Tages gehörte uns beiden.

Ich erkannte nach und nach, dass auch Box das vergangene Jahr aufarbeiten musste. In Restaurants und Bars konnte man richtig beobachten, wie die stumpfe Gewalt dieses Jahres von den anderen Gästen abfiel.

Während des Lockdowns hatte ich um jeden Preis weitergemacht. Keine Zeit für Gefühle. Erst vor ein paar

Wochen war ich zufällig zur Abendandacht in der St.-Paul's-Kathedrale gelandet, und gegen Ende hatten beinahe alle – außer mir – geweint, hatten um die getrauert, die sie verloren hatten.

Meine Arbeitskontakte – oder vielmehr Milos, die ich nie persönlich kennenlernte – erzählten mir von ihren Ängsten und Depressionen. Es wurde zunehmend normal, ein Gespräch mit seinen Leiden zu eröffnen, vermutlich weil es zur nationalen Stimmung passte. Ich konnte mich kaum noch retten vor Milos Schauspielerkollegen in L. A. oder New York, die mir ihre Zusammenbrüche, ihre Scheidungen und – seit dem letzten Sommer – ihre Verzweiflung über ihren jüngst entdeckten Rassismus beichten wollten. Dabei hatten dieselben Menschen bis vor Kurzem so tough und unnachgiebig gewirkt. »Ani ist so gelassen«, sagten sie zu Milo. »So gleichmütig.« Ich fasste das als Wertschätzung auf, segelte auf den Wellen meiner Erfolge weiter, trotz Daddys Krankenhausaufenthalt, trotz der anstrengenden Schwangerschaft, der steten Höhlenenergie, die es brauchte, um Milo bei Laune zu halten.

Seit einigen Tagen aber – vielleicht weil die Hitze etwas von einem Wahrheitsserum hatte – begann ich, mich zu fragen, ob ich meinen halben Zombie schon länger mit mir herumtrug: nicht erst seit den Lockdowns; länger als gedacht.

An unserem letzten Morgen erwachte ich aus einem seltsamen Traum. Es war wieder, wie so oft, ein erotischer Traum gewesen, aber diesmal extrem lustvoll. Zwischen meinen Beinen war es klebrig, und ich fragte mich einen Moment lang, ob die Fruchtblase geplatzt war. Ich trocknete mich mit einem Taschentuch, und obwohl der Traum nicht von ihm gehandelt hatte, dachte ich an Lucca.

Sie ließ mich nicht los, die Frage, ob Lucca beteiligt sein sollte, und ich wusste selbst nicht, was mich an dieser Vorstellung so störte. Er als Italiener begriff meine Weigerung überhaupt nicht. Ein Baby brauchte schließlich Mutter und Vater, oder? Seine Eltern in Puglia hielten mich für verrückt. Lucca wollte mit mir zusammenziehen, wollte alles regeln, ehe das Kind auf die Welt kam, und Box war auch ganz begeistert. Ein engagierter Vater, einer, den ich mochte und der sich freiwillig gemeldet hatte, wer wollte da Nein sagen? Wer?!

»Lass uns heiraten«, hatte Lucca gesagt. »Lass uns eins dieser Paare werden, wo der Priester um Kinder beten muss, obwohl die Braut so breit wie ein Haus ist!«

So war Lucca – freundlich. Witzig und aufrichtig.

Aber immer wenn ich an ihn dachte, legte sich ein Schleier über alles, und ich sah in ihm nur noch einen weiteren Menschen, um den ich mich irgendwann würde kümmern müssen. Milo, Daddy, der neugeborene Junge – das kam mir mehr als genug vor.

Ich schaute nach Nachrichten. Daddy hatte mir ein Foto von Martine und ihm auf dem Balkon geschickt. Sie war ein schmales, kindliches Ding mit dunklem Haar und großen Augen. Bei ihm war nur noch am Haaransatz ein bisschen von seiner Gelbsucht zu erahnen. Vermutlich ließen die Leute Daddy ganz einfach deshalb sein allerschlimmstes Verhalten durchgehen: weil er ein norwegischer Draufgänger war mit einem kristallinen Glanz in den eisblauen Augen.

Am selben Morgen lief ich zu Daddy, um ihm das Geschenk zu bringen. Unterwegs bemerkte ich am Zeitungskiosk ein Foto von Milo auf einer Titelseite. Es zeigte ihn beim Kaffeetrinken, augenscheinlich in Soho, in einer Trainingshose, die – wie ich wusste – sein Gemächt gut zur Geltung brachte. Die Schlagzeile lautete, Milo Reynolds habe einen Nervenzusammenbruch erlitten.

Ich hatte gelogen, als ich zu Box sagte, Milo gehe es gut. Eines späten Abends im April – Milo hatte mich von Daddys Krankenbett zu sich gerufen – erzählte er mir, er wisse nicht mehr, wer er sei; sein Selbstbild habe sich aufgelöst. Er hatte mir heulend in den Armen gelegen, aber innerlich hatte ich ihn nur verachtet. Es hatte sich angefühlt, als würde ich jeden Moment detonieren. Mein Dad stirbt vielleicht gerade, hatte ich gedacht, und ich bin hier bei diesem Riesenbaby. Ich beruhigte Milo, murmelte tröstende Worte und buchte einen Extratermin bei seiner Therapeutin.

Am Brunnen beim Ferienhaus rief ich Milo an, denn manchmal wusste die Klatschpresse tatsächlich mehr als ich.

»Ich habe mir das mit den Mietern in King's Cross angesehen«, sagte Milo aufgekratzt, statt mich zu begrüßen. »Die Käufer haben recht! Weißt du, was mich die Pandemie gelehrt hat? Versichere dich. Versichere dich bis zum Anschlag! Sag ihnen, ich übernehme die

Kosten«, sagte Milo. »Sag ihnen, dass ich mich vor ihrer Umsicht verneige.«

»Ich soll ihnen sagen, dass du dich vor ihrer Umsicht verneigst?«

»Klar«, sagte Milo. »Warum nicht?«

»Masquerina«, sagte ein Polizist, der gerade vorbeikam.

Ich setzte die Maske wieder auf und sagte Milo, ich würde mich um alles Nötige kümmern.

»Ist alles okay?«, fragte er. »Du klingst so anders als sonst.«

Einen Augenblick lang wollte ich ihm alles erzählen – von Daddy, der Tür, dem drohenden Polizeieinsatz morgen –, dann verwarf ich es wieder.

»Wo bist du?«

Ich fühlte mich ernsthaft, als ob ich innerlich fusionierte. »Keine Ahnung«, sagte ich, und dann drückte ich zu meiner eigenen Überraschung auf den roten Hörer.

Später bekam ich eine Nachricht von Daddy, in der er fragte, ob wir uns am Abend im Lobster treffen sollten. *Nicht Carin verraten!,* hatte er geschrieben, mit dem Sonnenbrillen-Emoji, das er von allen am meisten überstrapazierte. Es ging voran, dachte ich. Nach dem Telefonat mit Milo hatte ich den Brieföffner unter der Tür durchgeschoben. Das Geschenk hatte seine Wirkung getan. Wir würden uns am Abend im Lobster treffen. Er würde im Hotel übernachten. Würde morgen mit uns in den Flieger steigen. Mein Talent hatte mich nicht im Stich gelassen.

Als Box und ich in den Club kamen, gab es erst eine

Menge »*Gemelle? Incinta!*«, dann führte uns der Wirt zu einem Tisch. »Nicht gehen. Nicht stehen. Nicht tanzen. Kein Coronavirus, okay?«

Wir nahmen die Masken ab und bestellten je ein Glas Wein. Das Lobster lag am Strand und hatte eine leere Tanzfläche in der Mitte, drumherum Korbmöbel und ledergepolsterte Nischen. Selbst zur frühen Stunde waren die Sex-Vibes unbotmäßig; postviral und euphorisch; Männer in Skinny-Jeans, Frauen in Neopren, werdende Pärchen auf makellosen Polstern.

Die untergehende Sonne verwandelte die Wolken in Rosen, und das Meer, das sich vom Flugzeug aus gesehen endlos hingestreckt hatte, schob sich am Gestade zusammen; Schaumränder hinterließen krakelige Zeilen im Sand.

»Wie auf Noahs Arche!«, sagte Box.

»Die Leute brauchen eben ein Ventil«, sagte ich und ließ den Blick über die tiefe Sexlandschaft des Strandclubs schweifen.

Mir fiel auf, dass der Junggesellinnenabschied von unserem Hinflug da war. Die Braut trug zur Schärpe eine strassbesetzte Tiara. Ich winkte, aber sie bemerkte mich nicht. Von irgendwo roch es nach Tomaten, Geranien.

Der Wein schmeckte köstlich, so frisch und kühl. Von unserem Tisch konnte ich Daddys Balkon sehen und einen einsamen Kondensstreifen am Himmel. Ich stellte mir den morgigen Flug vor. Martine wäre auch da. Ich würde Carin schreiben: »Geschafft! Alles erledigt!«, und irgendwer würde mir sagen, wie gut ich das hinbekommen hatte.

»Weißt du«, sagte Box, »es ist gar nicht Daddy, um den ich mir Sorgen mache. Sondern du.«

Ich wollte nicht, dass sie negativ war, kurz bevor er eintraf. Plötzlich fühlte ich mich müde und irgendwie vereinzelt. Am Tisch der Junggesellinnen war ein Mann mit zottigem braunem Haar, der jetzt mit der Braut sprach. Er sah aus wie der Fußballer auf der Reklame am Ferienhaus.

»Weißt du noch«, sagte Box, »als wir klein waren, acht oder neun Jahre alt – an Weihnachten war das, wir wohnten noch in Chapham. Und Daddy wollte unbedingt mich zuerst beschenken, was überhaupt keinen Sinn machte, weil wir unsere Geschenke immer gleichzeitig bekamen. Jedenfalls packte ich es aus, und es war der Ranzen mit den Erdbeeren drauf. Der, den du dir gewünscht hattest, nicht ich. Erinnerst du dich?«

Ich erinnerte mich genau. Box nahm einen Schluck Wein.

»Und Mummy nahm Daddy beiseite, um den Irrtum aufzuklären. Aber es war kein Irrtum. Er hatte es mit Absicht getan. Die Geschenke vertauscht. Wer tut denn so was? Warum hat er solche Spielchen mit dir gespielt?«

»Keine Ahnung.«

Ich wünschte, sie würde aufhören, davon zu reden.

Drüben am anderen Tisch fing die Braut an zu lachen. Ihr Mund war sehr dunkel von innen. Es sah danach aus, als würden sie und der Fußballer heute Nacht in der Kiste landen.

»Es war ein Versehen«, sagte ich.

»Nein, Ani. Das sage ich doch gerade. War es nicht. Und das Verrückteste war, dass du dich nicht einmal aufgeregt hast. Du wusstest, dass das ein Test war. Und du dachtest, wenn du dir nichts anmerken lässt, würdest du ihn bestehen.«

Ich schaute wieder zu Daddys Balkon hoch. Dort war jemand. Vielleicht Martine. Der Strand erzitterte wie von einem Erdbeben, aber es war nur ein Notarztwagen auf der Straße. Aromen von Kamillen- und Jasmin-Vapes hingen als Dunst über unseren Köpfen.

»Er kommt nicht«, sagte Box. »Er hatte nie vor zu kommen.«

Mein Telefon pingte. Ich dachte, es wäre Milo, der sich beschwerte, weil ich aufgelegt hatte, aber die Nachricht war von Daddy: ein Foto von dem Brieföffner. *»Was soll ich damit?«,* hatte er geschrieben. *»Mich umbringen?«*

Ich sperrte das Display, aber Box hatte es schon gesehen.

»Er quält dich«, sagte sie.

Ich legte das Telefon auf den Tisch und schaute es eine Zeit lang an. Ich ging ein letztes Mal im Kopf Daddys Optionen durch, damit er nicht von Egil verprügelt wurde, nicht im Gefängnis landete, nicht starb. Ich visualisierte die Lösung, ein winziges Ding, das den Kopf aus seinem Loch streckte und sofort wieder verschwand. Peek-a-Boo! Peek-a-Boo!

»Ich finde, es ist Zeit aufzugeben«, hörte ich Box sagen. »Das hier ist kein Spiel, Ani. Es ist eine Misshandlung.«

Aber ich wusste, wenn ich jetzt aufgab, dann musste ich *ihn* aufgeben, und zwar für immer.

»Ich verstehe es ja, Box«, sagte ich, die Hand am Stiel meines Glases. »Ich weiß, wie toxisch das ist.«

»Es ist nur …«

»Sag jetzt bitte nicht, dass ich auch an mein Kind denken muss.«

»Er wird das immer wieder und wieder tun.«

Am Rand meines Sichtfelds blitzte weißer Satin auf; die Braut ging mit dem Fußballer zum Strand, und ihre Begleiterinnen skandierten ihren Namen. Plötzlich kam eine Kindheitserinnerung hoch, wie ich mich im Garten versteckt hielt und Daddy nach mir rufen hörte. »Ani!«, hatte er aus weiter Ferne gerufen. »Ani, Ani! Vögelchen, komm zurück!«

Als ich den letzten Schluck Wein trank, begann ein neuer Song. Schreie drangen aus den anderen Nischen. Frauen zerrten ihre Männer von den Sitzen, als die ersten Takte erklangen, und die Tanzfläche füllte sich mit Tänzern. Es war Daddys Song. Ich hatte nicht gewusst, dass irgendjemand hier K-Pop hörte.

Ein einzelner Türsteher versuchte, die Menge zu zerstreuen. *»Coronaviroos!«*, rief er. *»Coronaviroos!«*

Aber niemand beachtete ihn. Sie schwenkten ihre Masken in der Luft wie weiße Fahnen. Dann machten die Junggesellinnen dieselben Moves, die ich in Daddys Video gesehen hatte: Sie ließen imaginäre Lupen kreisen, ruckten mit Handgelenken und Hüften. Sie tanzten alle dieselbe Abfolge, perfekt synchron.

Die Menge teilte sich, und die Braut kam wieder. Sie bemerkte Box und mich an unserem Tisch. »Zwillinge!«, rief sie, griff nach unseren Händen und zog uns zur Tanzfläche.

Box verweigerte sich, aber ich ließ mich von der Braut zu ihren Freundinnen führen. Ich machte mit, so gut ich konnte – drehte die Lupe, ruckte mit der Hüfte. Ich empfand wieder etwas, fast wie die Erregung am Morgen, aber diesmal war es feierlicher, größer, und ich fühlte mich frei, seelenruhig. Ich merkte, wie glücklich es mich machte, bei diesen Frauen zu sein, die nichts von mir wollten. Die Braut sah in ihrem Satinkostüm wunderschön aus. »Sehr gut. Du machst das richtig«, sagte sie, ohne je meine Hand loszulassen, und dann küsste sie mich auf den Mund, als wären wir das zukünftige Brautpaar. »Peek-a-Boo«, sagte sie, »Peek-a-Boo.«

Hochzeitstag

Mein Ex-Mann Nick würde heiraten, eine Frau namens Esther. Esther wollte unsere Tochter Paola als Brautjungfer haben, und erst hatte ich abgelehnt. Nick war nicht gerade der präsenteste Vater gewesen; dass er plötzlich seine Tochter in die Zeremonie einbeziehen wollte, fand ich absurd.

Ich fragte ihn, ob Esther nicht eine Nichte hätte.

Er bestand darauf, dass es Paola sein müsse. Vermutlich fantasierte Esther davon, dass sie wie eine Familie aussehen würden.

Schließlich stimmte ich zu, aber unter einer Bedingung: dass er seine eigene Hochzeit verließ, um mir Paola zur Bettzeit zurückzubringen. Nick meinte natürlich, das sei unzumutbar, Esther werde wütend und verletzt sein, aber das war mir egal. Ich war ein Leben lang eine wohlerzogene Frau gewesen, die ihre Bedürfnisse im Zaum hielt. Aber in letzter Zeit entdeckte ich meine schlechte Energie, und ich begann, ihr zu folgen, neugierig, wo sie mich hinführen würde.

Nick hatte mich gebeten, Paola morgens in der Kirche vorbeizubringen, und wir waren ein bisschen spät dran. Paola saß in einem Nest aus Satin und Taft neben mir im Bus.

Der Bus bremste. Die Straße war voller Absperrbänder, und im abgegrenzten Bereich krabbelten Männer in weißen Schutzanzügen auf der Fahrbahn herum wie Babys. Es sah aus, als hätte es eine Schießerei gegeben.

»Was machen die da?«, fragte Paola.

Die Hydraulik des Busses zischte.

»Sie suchen Spuren.«

»Was?«

»Sie suchen Spuren«, sagte ich lauter. Es lag an der Maske. »Kleidungsstücke und so was. Um zu zeigen, wer es war.«

»Wer was war?«

»Wer jemanden verletzt hat.«

Paola runzelte die Stirn. Ich hatte gar nicht erwähnt, dass jemand verletzt worden war. Paola war fünf. Ich war unsicher, wie viele Informationen sie brauchte. Oder wie viel Wahrheit ich ihr zumuten sollte, auch über Nick und mich. Ich wollte ehrlich sein, aber ich wollte auch, dass sie bestimmte Dinge nicht erfuhr. Daddy ist kurz nach deiner Geburt gegangen? Irgendwann würde ich es ihr sagen müssen.

Paola hielt Rabbit ganz fest und schaute auf die untersuchte Fläche hinaus. Rabbit war grau und weich. Er war sehr benagt.

Mir war erst kürzlich klar geworden, dass ein Kind zu haben sich anfühlte, als wäre man in einer langen, verlässlichen Liebesbeziehung. Trotz allem, was ich aufgegeben hatte, unbestreitbar ein ganzes Leben, war ich zu einer anbetungsvollen Mutter geworden. Es erstaunte vor allem meine Ex-Kollegen, dass ich meine beruflichen Aussichten aufgegeben hatte, und das für das unsichere Versprechen eines Kindes.

Die Liebe zum eigenen Kind ist nichts Interessantes; sie ist alltäglich, diese Aufopferung, und doch dachte ich jedes Mal, wenn ich an Paola dachte, an mein Herz – daran, dass all meine Gefühle für sie in dieser zarten, seidigen vernähten Tasche steckten. Ach, mein Herz!

Einer der Schutzanzüge zog mit einer Art Abfallgreifer ein Zopfband aus dem Rinnstein und packte es in eine Ziploc-Tüte. Er warf die Tüte einem anderen Mann zu, der sie mit seinem Handschuh auffing. Ich sah den anderen Mann hinter dem Gesichtsschild lächeln.

Vor langer Zeit, in meiner frühen Kindheit, war eine angeheiratete Tante ermordet worden, von einem Mann, den sie gar nicht kannte. Sie war eine glamouröse Frau mit wasserstoffblondem Haar und straffen Armen. Sie roch immer nach Toastbrot, was, wie ich später begriff, am Aroma ihrer Bräunungscreme lag: buttrig und satt, wie etwas, das jeden Moment anbrennen würde. Der Kriminalbeamte erklärte meinem Onkel, wie unwahrscheinlich dieses Verbrechen war, was für ein Pech. So oder so heiratete der Onkel bald wieder.

Der Bus fuhr an, und wir verließen den Tatort.

Vor der Kirche erwartete uns ein sichtlich nervöser Nick. Er sah fesch aus in seinem Frack mit Ansteckstäußchen am Revers. Abseits stand ein gemieteter Routemaster-Doppeldeckerbus, der die Hochzeitsgesellschaft zum Empfang in Peckham bringen sollte, auch wenn es bloß dreißig Gäste sein würden – Coronaregeln. Das Fahrtziel des Busses lautete »Just Married«.

»Danke fürs Herbringen«, sagte Nick.

Leonard kam auf mich zu, in einem marineblauen, fast weißlich schimmernden Anzug. Leonard war Nicks

Onkel, aber als sich herausstellte, dass er sich für mein Fachgebiet interessierte, waren wir Freunde geworden. Wir aßen oft zusammen zu Mittag, vorgeblich um über Semiotik und Kulturwissenschaft zu reden, aber bald streiften wir viele andere Themen. Gegessen wurde immer in teuren Restaurants, und immer überließ ich Leonard die Rechnung. Meine Freunde fanden es seltsam, dass wir uns nach meiner Trennung von Nick weiterhin trafen: eine Ex-Freundin und ein älterer Onkel. Mir war klar, wonach das von außen aussah, und von innen entging mir auch nicht die erotische Einfärbung unserer Gespräche. Ich wusste selbst nicht, warum ich weitermachte: weil es mir Spaß machte, Nick zu ärgern, oder aus Verlangen, Leonard zu sehen.

»Bis acht Uhr dann«, sagte ich zu Nick.

Leonard nahm mich beiseite. Er stellte sich so nah neben mich, dass ich mich unwillkürlich nach seiner Frau umsah. »Tu das nicht«, sagte er. Ich hatte ihm bei unserem letzten Mittagessen von meinem Plan erzählt. »Du kannst nicht den Bräutigam zwingen, seine Hochzeit zu verlassen.«

»Nick hat die Wahl.«

»Das ist nicht wahr«, sagte Leonard. »Du hast die Wahl.«

Ich spürte, dass Nick uns beobachtete. Unsere Freundschaft hatte ihm nie gefallen, von Anfang an nicht.

»Dann bring du sie nach Hause«, sagte ich zu Leonard.

Das würde Nick niemals akzeptieren. Ich konnte gar nicht verlieren. Nick oder Leonard – beides wäre ein Sieg.

Ich verabschiedete mich von Paola. Ihr Brautjungfernrock fühlte sich an meinen Armen rau an, und ich küsste sie leidenschaftlich, als wären wir das künftige Brautpaar. Es kam ein Gefühlsansturm, ein Riss, ein Durchlass. Jenseits des samtigen Rasens blitzte etwas Weißes auf, und ich fragte mich, ob Esther in ihrem Brautkleid eingetroffen war, ein seltsames Licht, das streute wie das Licht eines Knochens, aber es war nur irgendeine Frau, die im hellen Sommerkleid an der Kirche vorbeiging.

Auf der Busfahrt nach Hause kam ich wieder am Tatort vorüber. Ich las in einer Umsonstzeitung, was passiert war: Ein Mann hatte aus dem Autofenster auf eine Jugendliche geschossen; man wusste nicht, ob es eine Verwechslung gewesen war oder was genau. Die Schutzanzüge waren noch da, und die Polizei war eingetroffen. Wäre das Mädchen weiß gewesen (aufgeweckt, normale Noten, nach hinten gekämmtes Haar), dann hätte es einen Aufschrei gegeben, aber da war nur dieser Absatz in den Tiefen einer Umsonstzeitung. Im Weiterfahren betrachtete ich die flackernde Membran der Großstadt, die intime Grenze; weiße Hipsterbars, schwarze Lebensmittelläden, muslimische Fleischereien, und plötzlich kam mir South London wie der am rigidesten segregierte Ort der Welt vor.

Paola und ich lebten in einer Dreizimmerwohnung an einer Verkehrsarterie in die Innenstadt, einer Einfallschneise für Rettungsfahrzeuge und den Güterverkehr aus Dover. In der Wohnung klang der Verkehrslärm ozeanisch, aber ich war hier glücklich. Über uns wohnte Elizabeth, eine Greisin, die mit dem Besen auf den Boden gepocht hatte, wann immer Paola als Baby schrie (Koliken, Reflux; jede Gesundheitsberaterin hatte eine andere Theorie gehabt). Im März war es mit den Krankenwagen ins King's richtig rundgegangen; dreißig pro Stunde manchmal, und dazu hatte Elizabeth wieder mit ihrem Besen getrommelt, als wäre an all dieser Übersterblichkeit auch nur ich schuld.

Ich wusste nicht, was ich jetzt zu Hause mit mir anfangen sollte. Amber, die Tagesmutter, die außer pinken Haaren und Full-Sleeve-Tattoos auch eine Menge Meinungen dazu hatte, wie ich mein Leben leben sollte, hatte mir geraten, den Tag der Hochzeit mit Freunden zu verbringen, aber ich hatte gesagt, ich wolle keine Gesellschaft. Ich hatte das Gefühl, dass ich die Sache allein durchstehen musste und dass mir am Ende des Tages vielleicht eine Art Transformation bevorstand.

Seit Monaten erwachte ich morgens mit dem Gedanken, dass Nick mich endgültig verlassen würde. Esther war eine sichere Wahl, nach allem, was Nick mir erzählte: Sie war ein erfolgreicher Mensch, besaß ein eigenes Haus, hatte noch dieselben Freunde wie zu Studienzeiten. Ich fühlte mich nicht bedroht von ihr, aber nachts und am frühen Morgen, bevor Paola zu mir ins Bett geklettert kam, fühlte ich mich beraubt. Ich wusste, dass Nick ab dem heutigen Tag auf eine Weise fort sein würde, die nicht rückgängig zu machen war.

Inzwischen war das Konfetti auf der Straße sicher schmutzig geworden, und Esther war seine Frau. Sie fuhren im Bus zum Empfang, der wenige Straßenecken von hier entfernt stattfand, im Studio eines Künstlers aus Nicks Netzwerk. Ich schrieb Sadie, Leonards Frau, und bat sie um ein Foto. Es kam ein Selfie von Leonard und ihr, schräg von oben aufgenommen, sodass sie schlanker wirkten. Sie waren ein beeindruckendes Paar. Leonard war ein hochgewachsener Mann, gut aussehend, kahlköpfig, der beinahe professionell seinen Reichtum verbarg. Seine Kleidung ließ nur augenzwinkernd ihren Preis durchblicken – die Hemden, die makellosen Schuhe, die unsichtbare Spange hinter den unteren Schneidezähnen.

Leonard hatte erzählt, Esther, die als PR-Managerin arbeitete, sei ein kluger Kopf. Er hatte erzählt, sie hätte in ihrem Jahrgang in der Wirtschaftsoberschule die besten Noten bekommen. Ich fragte mich, woher er das alles wusste. Ich fragte mich, warum er es mir erzählte. Vielleicht wollte er mich verletzen.

Gegen Esther hatte ich gar nichts. Esther war schon in Ordnung.

Vielleicht ein bisschen prollig, hatte ich zu meiner Mutter gesagt, nachdem ich Esther zum ersten Mal begegnet war und mir ihr geglättetes Haar angeschaut hatte, ihre langen Fingernägel. Wegen meiner Vereinbarung mit Nick hatte ich keine Schuldgefühle. Schließlich bekam sie dafür ihn. Sie hatte letztendlich gewonnen.

Paola hierherzubringen würde zehn Minuten dauern, aber ich wusste jetzt schon, dass Nick seine Frau nicht vorgewarnt haben würde. Er war kein mutiger Mann. Er würde sie um zehn vor acht damit konfrontieren. Tja, Pech, dachte ich. Pech für ihn, wenn ich ihm damit meine Bedingungen aufzwang. Und Pech für ihn, wenn sie ihm nicht schmeckten.

Ich räumte Paolas Spielsachen weg und brachte ihr Schlafzimmer in Ordnung. Ich warf ein paar Zeichnungen weg und verstaute die guten in einer Mappe. Ich überlegte, etwas zu kochen, hatte aber dann doch keine Lust. Ich spürte eine durchtriebene Energie. Bei einem Blick in den Spiegel fragte ich mich, was ich vorhaben mochte. Vielleicht würde Nick sich den Ärger mit Esther ersparen und in letzter Minute doch lieber Leonard mit Paola schicken. Wenn Leonards Kollegen uns beide zusammen sahen, ernteten wir fragende Blicke. Sie hatten skeptisch gewirkt, sagte er, als er ihnen erzählt hatte, dass ich die Freundin seines Neffen sei. Er blickte mir in die Augen, als er das sagte, als wollte er fragen: Was stellen sie sich wohl sonst vor?

In Ermangelung von Alternativen legte ich mich ins Bett. Ich benutzte meinen Vibrator und hatte einen heftigen Orgasmus, dann döste ich ein, ohne das Gerät herauszuziehen. Als ich erwachte, war die Sonne weg, und die Luft im Zimmer war blassblau.

Ich ließ mir ein Bad ein. Bis der Dampf das Bild verschluckte, betrachtete ich mich wieder im Spiegel. Ich fragte mich, ob ich ein schlechter Mensch war. Das hatte Leonard gesagt. *Sei kein Miststück*, hatte er gesagt, als wir beim Mittagessen saßen.

Ich malte mir aus, wie Nick mit einem Stück Torte oder einer Tüte gebrannte Mandeln in die Wohnung zurückkehren würde. Vielleicht – das alte Bündnis – würden wir zusammen über die übertriebenen Blumenarrangements lachen, die endlos sentimentalen Ansprachen, die Kosten für das armselige Catering. Wir würden uns darüber amüsieren, wie Esther sich abgemüht hatte, wie teuer das alles war. Er würde mir gestehen, wie sehr er Hochzeiten noch immer hasste.

Nick und ich waren nicht verheiratet gewesen. Ich weiß nicht mehr, ob einer von uns skeptisch gewesen war und der andere sich anschloss oder ob wir beide gemischte Gefühle gehabt hatten. Die Hochzeiten unserer Freunde hatten wir mit einer Art gedeckelter Ungeduld über uns ergehen lassen, aber manchmal waren wir doch gerührt, und einer griff nach der Hand des anderen und fragte sich unsatirisch, was unsere Liebe wert war, wie sie war. Daran hatte ich oft gedacht in der letzten Zeit: wer die Entscheidung getroffen hatte, dass wir nicht heiraten würden, und ob das nicht ein Fehler gewesen war.

Im Bad benutzte ich den teuren Badezusatz, den ich von Paola fernhielt, mit den barocken Zutaten: Feige, Süßgras, Lorbeer. Das Wasser war so heiß, dass es auf meiner Haut eine rote Riffkante hinterließ.

Seit Nick mit Esther zusammen war, hatten wir uns nur einen Ausrutscher geleistet. Ich dachte an die Begegnung zurück: rau, kinky, seine Hand auf meinem Mund. Von da an trafen wir uns nur noch draußen zu den Übergaben.

Vielleicht war das Esthers Bedingung gewesen: nur draußen.

Ich zog meine Lieblingsjeans an und schnitt die Schilder von einem weißen T-Shirt, das ein seltsames Licht ausstrahlte. Ich bat Leonard um ein Foto vom Brautpaar.

Drei Pünktchen erschienen und verschwanden. Ich wusste nicht, wen ich am meisten verrückt machte – Leonard oder Nick oder doch mich selbst.

Als Nick mir gesagt hatte, dass er heiraten wollte, hatte ich erwidert, Esther würde eigene Kinder wollen. Es war ein Warnschuss im Dunkeln.

Ich ging spazieren und kam an Paolas Schule vorbei. Wegen des Virus hatte sie den Großteil ihres ersten Schuljahrs bei mir zu Hause verbracht. Es war eine katholische Schule mit einer großen Christusskulptur an der Fassade. Auf dem Eingangstor stand das Schulmotto: *Ora et labora*. Wenn wir zu Fuß unseren abgasbelasteten Heimweg antraten, vermischte Paola gern diese beiden Wörter: *ora, labora, gregora, scheschora*. »*Fedora*«, hatte sie gesagt und sich unterbrochen. »Hey, ist das nicht ein Wort?«

Ich sagte, es sei ein Hut.

Ich bog auf die Hauptstraße ein. Draußen zu sein machte mich noch immer nervös. Die Leute trugen ihre Masken unter der Nase oder unterm Kinn. Ich ging Kaffee kaufen. Der Röster oder Barista oder was auch immer hatte einen langen roten Bart, dichte Sommersprossen, eine Arbeiterschürze; er trug keine Maske. Er versuchte, mit mir zu plaudern, und ich verstand nicht, was er wollte. Es findet gerade eine Hochzeit statt, wollte ich rufen, eine Hochzeit, die ich nicht verhindern konnte!

Er fragte etwas – Brasilianisch? Äthiopisch?

Er schaute mich bekümmert an, als versagte ich gerade bei irgendetwas.

Draußen war eine Vermisstenanzeige mit Kabelbindern an einem Laternenpfahl befestigt: eine Frau mit lockigem blondem Haar, schlechter Haut, herausgebrochenen Zähnen. Der Zettel hatte schon vor dem Lockdown dort gehangen, und unter der Laminierung war die Tinte verlaufen. Gegenüber war ein neues Restaurant für reiche Weiße.

Um mir die Zeit zu vertreiben, besuchte ich das Nagelstudio. Oft kam ich mit Paola hierher, weil sie gern mit den anderen Kindern auf den Sofas saß. Manchmal ließ ich ihr auch die Nägel machen: regenbogenfarben.

Eine Vietnamesin mit schwarzer Maske winkte mich zu sich. Sie hatte ich schon einmal gehabt. Eine hochgewachsene Frau mit großen Ohren, die sie meist unter ihren Haaren verbarg. Sie regelte vorab die Bezahlung. »Wo ist Ihre Tochter?«

Ich sagte, Paola sei bei der Hochzeit ihres Vaters. Während die Frau mir die Nägel feilte, wurde mir klar, dass ich hergekommen war, um zu reden, und ich freute mich, dass sie Fragen hatte. Wer Esther sei? Wie sie einander kennengelernt hätten? Warum er und ich nicht verheiratet gewesen seien?

»So eine Dummheit«, sagte sie und erinnerte mich dabei an Amber, »ihn nicht zu heiraten!« Sie trug mit schnellen Pinselstrichen den Lack auf. »Mögen Sie sie? Diese Frau?«

»Ich weiß nichts über sie.«

In einem Augenblick der Indiskretion hatte Nick durchblicken lassen, dass Esther nicht besonders scharf auf Sex war. Zu sensibel, hatte er gesagt. Ich verstand es so, dass sie es schmerzhaft fand. Wie sollte das mit ihm jemals funktionieren, bei den Vorlieben, die er hatte?

Mit einem Blick auf den Laternenpfahl fragte ich: »Wurde das Mädchen schon gefunden?«

»Welches Mädchen?«

Ich zeigte darauf, aber sie antwortete nicht.

»Haben Sie einen Freund?«, fragte ich; ich weiß nicht, warum.

»Wie bitte?«

Wieder diese Maske. »Ob Sie einen Freund haben?«

»Ich bin verheiratet«, sagte sie und wackelte mit dem Ringfinger. Die großen Brillanten waren in einer Pirouette angeordnet. Sie bettete meine Hände unter den Trockner. Die Dämpfe machten mir Kopfschmerzen.

Ich erzählte, dass wir sechs Jahre lange zusammengelebt hatten und dass Nick mich vier Monate nach der Geburt unserer Tochter verlassen hatte. Ich wusste, dass ich sie aufhielt – dass sie sich um die nächste Kundin kümmern wollte –, und redete trotzdem weiter. »Aber das ist noch gar nichts«, sagte ich. »Freunde von uns waren zwanzig Jahre zusammen, und der Mann ist sechs Wochen nach den Zwillingen gegangen.«

»Oh«, sagte sie. »Wer macht denn so was?«

»Wer die Wahl hat? Nein, keine Ahnung.«

Als meine Nägel getrocknet waren, ging ich. Draußen war es stickig wie vor einem Sturm. Der Atem in meiner Maske fühlte sich an wie eine Hand auf dem Mund, und ich dachte wieder an Nick.

Durch das Schaufenster sah ich die Nagelpflegerin Nachrichten schreiben. Die Leute hielten mich alle für verrückt. Amber, Leonard, selbst meine Mutter. Warum hatte ich mir Nick nicht gekrallt und meinen eigenen Hochzeitstag gefeiert? Dabei hatte ich als Kind immer geschworen, dass ich niemals heiraten würde.

Zu Hause angekommen, aß ich etwas. Ich putzte mir die Zähne, wechselte die Unterwäsche, trank einen Kaffee, räumte den Vibrator weg. Eine Freundin schrieb, um sich nach mir zu erkundigen. »Ich lenke mich ab«, schrieb ich zurück. Von Leonard war immer noch keine Antwort da.

»Du musst diese Forderung fallenlassen«, hatte Leonard bei unserem letzten Mittagessen gesagt. Ich fand es amüsant, dass er so ein Gewese um eine moralische Prinzipienfrage machte, während er als Firmenanwalt, wie er selbst sagte, einen aggressiven, manchmal bewusst destruktiven Ansatz fuhr. »Lass mich am Samstag Paola heimbringen.«

»Nein«, sagte ich. »Das würde Nick nicht zulassen.« Das kam einem Eingeständnis unserer Beziehung nahe, und Leonard wurde rot. Nach meiner Trennung von Nick hatte sich die Dynamik zwischen uns verändert, und ich wusste nicht mehr, ob diese erotische Spannung zwischen uns schon immer da gewesen war.

Wie er nach dem Essen zahlte, ohne mich zu fragen, gab mir ein Gefühl der Geborgenheit. Jenseits des gewölbten Fensters, am Broadgate Circle, war immer noch niemand zu sehen. Mir gefiel London gut so – schön leer.

»Das wird Probleme geben zwischen ihm und Esther.«

»Dann sollen sie eine andere Brautjungfer nehmen.«

»Sei kein Miststück«, sagte Leonard. So hatte er noch nie mit mir geredet. »Wie sieht das denn aus. Die Leute werden reden.«

»Sollen sie doch«, sagte ich und genoss die Festigkeit meiner Stimme. »Es ist mir egal.«

Endlich klingelte es. Ich drückte den Summer und stellte mich an die Wohnungstür. Im Hausflur funktionierte das Licht nicht, und einen Moment lang konnte ich nicht erkennen, wer Paola auf dem Arm trug. Leonard? Nick? Mein Herz stockte. Ich wusste bei beiden nicht, was passieren würde. Als sie auf der Treppe um die Ecke bogen, sah ich, dass es Nick war.

Schweigend schlüpfte er aus seinen Schuhen und trug Paola in ihr Zimmer. Rabbit baumelte von einer Hand herunter. Ich fragte mich, was Paola gesehen hatte, was sie mir morgen erzählen würde, wie viele Details ich ihr würde entlocken können.

»Kann ich ein Glas Wasser haben?«, fragte Nick. »Sie ist schwerer, als ich dachte.«

Ich goss zwei Gläser Wasser ein und fragte mich, ob es etwas Stärkeres gebraucht hätte. Mir wurde klar, dass ich ihn nicht erwartet hatte; dass ich im Herzen geglaubt hatte, er würde sein Versprechen brechen. Ich hatte über diesen Augenblick nie wirklich hinausgedacht.

»Danke«, sagte er, als er nach dem Glas griff. Nick setzte sich an den Tisch, und er wirkte erleichtert. Ich fragte mich, ob er froh war, der Hochzeit entkommen zu sein. Ihn umgab der Geruch von gekochtem Essen; sein Hemd hatte einen Rotweinfleck. Es war seltsam, nach so langer Zeit wieder zusammen in der Wohnung zu sein.

»Du bist verheiratet.«

»Ja.«

»War es so schlimm, wie wir immer gedacht haben?«

Er schaute genervt.

»War nur ein Scherz«, sagte ich. »Herzlichen Glückwunsch.« Ich hob mein Glas. »Auf das Brautpaar.«

Ein paar Sekunden streifte uns die Discobeleuchtung eines vorbeifahrenden Rettungswagens.

»Sah die Braut umwerfend aus?«

»Hör schon auf«, sagte er. Es klang nach einer Ermahnung, aber dann lächelte er.

In dem Moment begriff ich, dass er glücklich war, und der Schmerz fühlte sich stechend an, präzise und jenseits von allem, was ich ihm umgekehrt hätte antun können.

»Was hast du den ganzen Tag gemacht?«

Amber hätte mir empfohlen zu lügen, aber mir fiel nichts ein. »Ich habe an deine Hochzeit gedacht.«

»Was gedacht?«

»Keine Ahnung.«

Er wartete.

»Ich war froh, dass du es getan hast. Ab und zu auch ein bisschen traurig.«

»Tja, so ist das. Das Leben, oder?«

»So ist es.«

Eine Weile saßen wir nur da. »Was hat Esther gesagt?«

»Sie war sauer.«

»Hast du es ihr nicht erzählt?«

»Nein. Ich habe gesagt, Paola würde durchdrehen, wenn irgendjemand anders sie heimbringen würde.«

»Hat Esther dir geglaubt?«

Nick schaute mich an, schaute meinen Mund an. Er beugte sich vor und nahm meine Hand. »Du hast dir die Nägel machen lassen?«

Ein Brennen breitete sich in meinem Kiefer aus, dann in meiner Brust. Nick war wunderschön: Ich konnte mir unter dem gespannten Hemd seine Brust vorstellen. »Ja.« Ich dachte an das Nagelstudio und erinnerte mich an die blitzende Brillantpirouette. »Die Nagelpflegerin fand, ich sei verrückt gewesen, dich nicht zu heiraten.«

Er hielt noch immer meine Hand.

»Und was hast du gesagt?«

»Dass wir es nicht wollten.«

Er nickte. »So ist es«, sagte er und zog seine Hand weg. »Stimmt genau.«

Ich hielt mir den Nacken, konnte Nick nicht in die Augen schauen. Ich spürte einen Puls dunkler Energie und fragte mich, wer ich war – diese Frau; diese Sorte Frau. Nick beobachtete mich. Vielleicht dachte er an das letzte Mal, als wir beide hier gewesen waren. Selbst für unsere Verhältnisse war es rau gewesen, mit Spuren von Gewalt.

»Warum hast du mich gezwungen hierherzukommen?«

»Keine Ahnung«, sagte ich wieder, obwohl ich es diesmal als eine Lüge erkannte.

Nick schob seinen Stuhl weg und ging in den Flur. Ich folgte ihm, machte aber kein Licht an. Es war ein schmaler Flur. Er beugte sich vor, um sich den Schuh zuzubinden, sein Kopf auf meiner Hüfthöhe, und ich konnte die zarte Falte in seinem rasierten Nacken sehen. Ich stellte mir vor, wie der Barbier seine Haut berührt hatte. Er machte mich verrückt; ich war elektrisiert vor Verlangen.

Als er sich aufrichtete, packte er mein Handgelenk ziemlich fest. Er war wütend auf mich, das wusste ich. »Ich wünschte, ich müsste dich nie wiedersehen«, flüsterte er mir zischend ins Ohr. Er lehnte die Stirn hart an meinen Wangenknochen, dann griff er mir zwischen die Beine und hob mich fast vom Boden. Ich hörte ihn etwas sagen, konnte die Worte aber nicht verstehen.

Er ließ mich los und ging.

Ich stellte mich auf die Türschwelle. Durch das kleine Fenster sah ich ihn die Gasse entlanggehen und einen Fuchs aufscheuchen, der hinter den Mülltonnen hervorsprang. Etwas Flüssiges rann mir aus der Nase. Ich hielt die Hand darunter – Nasenbluten; das Blut ein dunkler Fleck auf meiner Hand. Ich nahm mir ein Taschentuch und legte den Kopf in den Nacken.

Ich fragte mich, ob ich bekommen hatte, was ich wollte: ob der Tag endete, wie ich es mir erhofft hatte. Eine Weile stand ich noch da und stellte mir vor, wie ein etwas besudelter Nick zu seiner Hochzeit zurückkehrte – Esthers misstrauischer, ungeduldiger Ausdruck, Leonards Neid. Weil ich mir die Nase hielt, roch es streng nach dem Nagellack an meinen Fingern, und ich hatte den Geschmack von Blut im Mund, als hätte ich Beute geschlagen.

Verletzte Gefühle

Chalazan dominierte den Markt für rezeptfreie Schmerzmittel mit unterschiedlichen Kombinationen aus Paracetamol, Ibuprofen, Koffein und Codein. Das Unternehmen hatte den Markt in Migräne und Kopfschmerzen, Gelenk-, Menstruations- und Zahnschmerzen, Vireninfekte und Kinder segmentiert, und jetzt – mit Claudias und Mos neuer Werbekampagne – wollten sie Nocileve einführen, gegen chronische Schmerzen.

Nach Claudias Eindruck waren chronische Schmerzen das Letzte. Die Patienten in den Fokusgruppen waren vor Erschöpfung grau, heimgesucht von der unklaren Ätiologie ihrer Erkrankung, bis zur Panik besorgt, dass die Ärzte ihnen nicht glaubten, ja, dass ein Großteil des medizinischen Establishments glaubte, ihr Schmerz – brennende Herdflammen unter der Haut – sei phantasmatisch, psychosozial. Sie hatten keine Läsionen, keine Frakturen. Warum hatten sie Schmerzen? So heftige, die ganze Zeit?

Suzette, die Kreativdirektorin von Cake, hatte ihnen versichert, wenn sie jetzt Nocileve an Land zögen, würden auch Chalazans Reinigungsmittel- und Hygieneartikelsparte bei ihnen im Hause landen. Das wäre fette Beute; richtig groß. Inklusive Berichterstattung in der *Campaign* wahrscheinlich.

Es wäre auch für Claudia und Mo ein Segen. Sie arbeiteten seit sieben Jahren als Kreativteam: Claudia als Copywriterin und Mo als Art Director. In letzter Zeit hatte Claudia den Verdacht, dass Mo ruhelos wurde. Er war ehrgeizig. Alles, was die Karriere bremste, war ihm zuwider: Ihre Schwangerschaften (diese war die vierte) schienen ihn aktiv zu verletzen. Aktuell stand sie acht Wochen vor dem errechneten Geburtstermin, und wieder machte ihn das nervös; vage feindselig.

Genau genommen hatte Claudia das Gefühl, ihm nicht mehr trauen zu können. Niemals hätte Suzette einen so lückenlosen Überblick über ihre Fehlzeiten haben können, wenn Mo ihn ihr nicht verschaffte. Mo war menschlich schon immer schwer einzuschätzen gewesen. Claudia vermutete, dass er hinter seiner Überschwänglichkeit einen Riesenkübel Chauvinismus versteckte. Seine charmante Art Frauen wie Männern gegenüber wirkte bisexuell, aber nachts in den Bars auf der Cowcross Street griff er wahllose irgendwelche Frauen ab.

Während ihrer letzten vollendeten Schwangerschaft (Bluthochdruck, Anämie) hatte Mo ihren fehlenden Antrieb nur schwer ertragen. Er hatte gehofft, dass sie von einer anderen Agentur abgeworben werden würden, als Druckmittel Cake gegenüber. »Manchmal, Claudia«, hatte er gesagt, »manchmal musst du einfach deinen Schwanz auf den Tisch klatschen.« Sie wusste nicht, was er damit meinte und was genau sie mit ihrem Schwanz hätte machen sollen. Garantiert würde Mo sie eines Tages opfern, wenn sie sich gerade verzweifelt an ihm festhielt. Er war Suzettes Superstar, und sie war ganz allein auf dem Weg ins dunkle Hinterland ihrer Elternzeit.

Heute hatte er ihr allerdings einen Kaffee geholt – oder zumindest Rose, die Praktikantin, losgeschickt, um ihr einen zu holen. Es war nett, wenn Mo nett zu ihr war; es erinnerte sie an ihre Anfangszeiten.

»Flat White«, sagte Rose und gab Mo einen Becher.

Claudia bemerkte einen ausdrucksstarken Duft an Rose' Handgelenken.

»Und für dich einen One-Shot Latte? Das hat meine Schwester immer getrunken, als sie schwanger war.«

»Danke«, sagte Claudia. Als Rose außer Hörweite war, flüsterte sie: »Hätte sie nicht eine Diversity-Praktikantin sein sollen?«

»Sie ist aus Südafrika.«

»Sie ist *weiß*.«

Mo zuckte mit den Schultern. »Die Taskforce hat sie ausgewählt.«

Die Antirassismus-Taskforce bestand aus drei weißen Frauen unter der Leitung einer widerstrebenden Suzette.

Beim Kaffee schauten sie sich eine der Fokusgruppen an. Das Video begann in einem medizinischen Setting: Ein Arzt erklärte anhand der roten Laktat-Ablagerungen auf einem Hirnscan die Entzündungsreaktionen bei Patienten mit ME/CFS.

»Ich dachte immer, die bilden sich das ein«, sagte Mo, der stirnrunzelnd zuschaute.

Die Entzündung war der eigentliche Killer, sagte der Arzt: chronisch aktivierte Mikroglia, die Betroffene bei kleinsten Auslösern attackierten, bei einem kurzen Gespräch mit Freunden; die folgende überschießende Abwehrreaktion gipfelte in einer Autoimmunkaskade bis hin zu RDS, Kopfschmerz, psychomotorischer Hemmung, Schlafstörungen, Anhedonie. »Der Bedarf nach einer Linderung idiopathischer Schmerzen«, schloss der Arzt, offensichtlich unter der Regie von Chalazans F&E-Abteilung, »kann derzeit als ein ungedeckter Bedarf angesehen werden.«

»Ich hatte keine Ahnung, was mit mir los war«, sagte ein Mann namens Glenn, Sprecher der CIPS, der Chronic Inflammtory Pain Sufferers – einer Patientenvereinigung für chronische Schmerzen. »Eines Tages kam ich von der Arbeit und kroch direkt ins Bett. Am nächsten Morgen hatte ich Schwellungen am ganzen Körper. Sie haben auf alles getestet, aber nichts gefunden«, sagte er. »Dann wurde ich zum Psychiater geschickt. Nichts. Die Diagnose bekam ich erst, als alles andere ausgeschlossen werden konnte. Es war so deprimierend. ›Woher kommt das?‹, wollten meine Freunde wissen. ›Warum ausgerechnet jetzt?‹ Mein Ehemann wurde mein Krankenpfleger. Ich war früher immer so energiegeladen, und plötzlich – *wham*. Als ob man von einem Auto angefahren würde. Und das Schlimmste: Wenn ich das kleinste bisschen zu viel mache – zum Beispiel ins Kino gehe, wo man *literally* bloß in einem Sessel rumsitzt –, triggert mich das sofort. Dann geht nichts mehr. Dann kommt am nächsten Tag die Strafe.«

»Bah!«, machte Mo. »So was von trostlos.«

Nocileve unterschied sich in nichts von anderen nicht verschreibungspflichtigen Schmerzmedikamenten, aber Chalazan hatte einen substanziellen Marktanteil ausgemacht, der sich nicht beachtet fühlte – nicht gut versorgt fühlte –, und das allein zählte. Mo und Claudia hatten eine Woche Zeit, eine Kampagne auf die Beine zu stellen, ehe Suzette das nächste Kreativteam dransetzte. Das war Suzettes Stil: Sie spielte die Teams gegeneinander aus.

»Es ist das Unabsehbare daran«, fuhr Glenn fort. »Das nimmt einem jede Hoffnung. Mein Arzt wollte, dass wir den McGill-Fragebogen ausfüllen, und dann war er genervt von mir, weil keine der Beschreibungen passte. Versuchen wir es doch mal mit den Formulierungen aus dem Fragebogen. ›Krampfartig?‹, fragte er. ›Pulsierend? Pulsiert der Schmerz? Pocht er? Brennt er? Vielleicht ein brennender Schmerz?‹ Ich sagte ihm, er sei nagend, er sei schwer, ich hätte von ihm geträumt; der Arzt sagte, das sei ihm zu poetisch. Irgendwann gab er es auf. Das ganze McGill-Ding. Er erzählte, wenn er sich nach einem langen Tag ablenken wolle, ginge nichts über ein, zwei Folgen *Frasier*. Beim nächsten Termin sollte ich meinen Schmerz als ein Tier beschreiben. Ich nannte ihn einen Fuchs. Ich sagte, dieser Fuchs stinkt, er stinkt höllisch. Als hätte ihm jemand das Fell mit ranzigem Öl eingerieben. Und morgens liegt er quer auf meiner Brust. Mein Arzt war begeistert von dem Fuchs; das würde helfen, meinte er, aber es hat überhaupt nicht geholfen. Es führt nur dazu, dass ich ihn noch mehr hasse. Es ist alles so sinnlos. Der Schmerz lässt mich mein Leben nicht mehr leben, und manchmal will ich nur noch sterben.«

Nach der Geburt ihres ersten Kindes, Sylvie, hatte Claudia sich für eine Aristokratin des Schmerzes gehalten. Die Erfahrung hatte die Membran zwischen Leben und Tod fast verschwinden lassen, denn es hatte sie wortwörtlich niedergestreckt – vaginal; prismatisch –, als das Baby ihr mit Macht das Innerste nach außen kehrte, bis es endlich herauskam, leuchtend violett, mit seinem Geruch nach meernassen Felsen, von Vernixschaum bedeckt. Aber sie hatte das nur sieben Stunden lang durchstehen müssen, und der Schmerz war zumindest produktiv. Kein Vergleich zu Glenns Elend in seiner schieren Endlosigkeit. Doch er hatte recht: Schmerz lag wesenhaft jenseits der Sprache – deshalb hatte sie während der Wehen nur dumpf brüllen können wie eine Kuh im Sumpfloch.

Diesmal, das hatte Claudia ihrer Hebamme Barbra klar gesagt, war ein Kaiserschnitt fällig und *Succession,* Staffel vier. Warum sollte sie leiden? Und warum Glenn, mit seinem stinkenden Fuchs nach einem kleinen Einkaufstrip? Aber Barbra hatte für diese Woche einen Termin mit Dr. Lim vereinbart, Claudias Geburtshilfeärztin. Das hatte Barbra noch nie getan, und Claudia begriff, dass es medizinisch relevant sein musste, denn Hebammen versuchten, Ärzte so weit wie möglich aus allem herauszuhalten. Was sollte sie tun, wenn Dr. Lim wollte, dass sie zu arbeiten aufhörte? Arbeit half gegen alle schlimmen Gefühle.

»Irgendwann hielt mich mein Arzt für verrückt«, sagte Glenn. »Er konnte mich einfach nicht verstehen und wollte nur noch, dass ich ihn in Ruhe lasse. Am Ende war *er* derjenige, der deprimiert aussah. Er kriegte diesen gehetzten Blick, wenn ich in seine Praxis kam, als ob er mich hasste.« Glenn stockte. Vielleicht schaute er dem Kameramann in die Augen. Vielleicht betrachtete er die Ruinen seines früheren Lebens. »Der Arzt tut mir leid. Ganz ehrlich. Aber ich brauche endlich einen Aus…«

Mo hielt das Video an. »Manchmal bringt Vron« – Mos Freundin, die Zahnhygienikerin – »mir von der Arbeit Novocain mit. Wenn du das sniefst, bist du stundenlang weggeschossen. Vielleicht bin ich süchtig?«

»Wie geht's euch beiden?«, fragte Claudia. Vron war im Sommer bei Mo eingezogen, obwohl sie sich erst seit Silvester kannten. Sie hatte unglaubliche Haare, so dicht und wellig, eine richtige Handbreit.

»Ja, gut«, sagte Mo; beim Thema Freundinnen machte er immer gleich dicht. »Wie geht's Joe?«

»Super«, gab sie zurück, dabei wusste sie nicht, wie es ihrem Mann so ging, denn sie verbrachten beide ihre gesamte Zeit mit Arbeit oder der Betreuung von Sylvie, und Joe war obsessiv mit seiner neuen Diät und dem Training im Fitnessstudio beschäftigt, und keiner von beiden verbrachte irgendwelche Zeit mit den schmerzhaften Dingen, unter denen sie offensichtlich litten.

Claudia blickte geistesabwesend auf Glenns kreisrunden Mund. »Ich glaube, es geht im Kern um Verzweiflung.« Sie blätterte im Dossier zum Abschnitt *Schmerzasymbolie.* »Hast du die Fallstudien gelesen? Diese Leute empfinden keinen Schmerz. Dabei werden durchaus ihre Schmerzzentren aktiviert, wenn ein Arzt ihnen einen Nagel in den Fuß steckt oder so was. Wie kann das sein?«

Mo trank den To-go-Becher leer und zuckte mit den Schultern. Mos Talent ging fließend in Faulheit über: Er würde keine der Studien gelesen haben. Das überließ er ihr.

»Aber weißt du, was nicht aktiviert wird?« Claudia ließ nicht locker. »Die emotionalen Zentren. Für Menschen mit Schmerzasymbolie haben die Reize keine emotionale Bedeutung, und deshalb empfinden sie körperlich nichts.«

»Na und?«, fragte Mo und schaute zutiefst gelangweilt, wie der Arzt wahrscheinlich Glenn angesehen hatte.

»Na, wenn du jemandem Paracetamol gibst, kann das auch seine emotionalen Schmerzen lindern, und das macht den körperlichen Schmerz weniger bedeutsam. Schau ihn dir an …« Sie wandten sich beide der erstarrten Kraterlandschaft von Glenns Schmerzensmann-Ausdruck zu. »Er ertrinkt ja praktisch in Verzweiflung.«

»Vielleicht braucht er Antidepressiva?«

»Kann sein, aber das ist nicht der Punkt.«

»Sondern?«

»Der Punkt ist, wir müssen ihm Schmerzmittel verkaufen.«

Das erinnerte sie daran, ihre eigene Mini-Aspirin zu nehmen. Fünfundsiebzig Milligramm täglich für ihr hypertensives Herz. Vielleicht schöpfte das Aspirin ein bisschen von ihren eigenen affektiven Amplituden ab – zumindest hatte sie manchmal sekundenlange Augenblicke der Leere, die sich dann als Minuten herausstellten oder Stunden. Vor ein paar Wochen hatte Barbra sie sichtlich unzufrieden darauf hingewiesen, dass ihre diastolischen Werte den grünen Bereich des Diagramms verlassen und sich in den roten verschoben hatten. »Da willst du nicht hin«, hatte Barbra gesagt. »Du willst da unten hin, ganz da unten. *In Eng-*

land's green and pleasant land«, sang Barbra ohne Melodie. Jetzt sang ihre Hebamme ihr schon *Jerusalem* vor. Jedenfalls, verkündete Barbra, den Blick entschlossen auf Claudias Laptoptasche gerichtet, wenn die Werte sich weiter erhöhten, müsse sich etwas ändern.

Claudia schaltete das Blutdruckmessgerät ein und öffnete die App. Auch Mo nahm sein Telefon zur Hand. Er erlebte jeden Tag wieder, wie sie die eskalierenden atmosphärischen Störungen ihres Blutdrucks maß, kommentierte die Prozedur aber nie und fragte nicht, wie es ihr ging. Vielleicht wollte er nicht aufdringlich sein, oder vielleicht war er einfach ein Arschloch.

Während das Blut aus ihrer Hand wich, beobachtete Claudia stattdessen Suzette. Morgen stand ein Catch-up-Meeting mit ihr an. Claudia hasste diese Termine: Es war unmöglich vorherzusehen, ob die Stimmung eiskalt sein würde oder jazzig warm. So oder so schimmerten immer die Leitsätze effizienter Personalführung durch, und es war fast unmöglich, etwas Authentisches herauszufühlen.

Die Armmanschette leerte sich, und auch Mo seufzte bedauernd. Claudias Telefon ließ ein klagendes Piepsen ertönen: 148 zu 95. Zu hoch. Viel, viel zu hoch. Was würde Dr. Lim zu einem derart miesen Messwert sagen?

»Bist du fertig?«, fragte Mo und ließ das Video weiterlaufen.

»... weg aus diesen Schmerzen«, sagte Glenn und brach anschließend in Tränen aus, während auf das rotierende Chalazan-Logo übergeblendet wurde.

Claudias Antworten im Anamnesebogen schienen Barbra überrascht zu haben. Erstens der Bluthochdruck. Kein Mediziner hätte das je von ihr erwartet: Claudia war schlank und wirkte gar nicht wie der Typ dafür. Dann waren da die Depressionen, die, wie Claudia zugeben musste, noch immer nicht aufgehört hatten, die sie noch immer frühmorgens weckten, schmerzhafte Kondensstreifen beängstigender Träume, bis sie zur Arbeit gehen und alles vergessen konnte. Und schließlich die nackten Zahlen im Formular, an denen Barbra hängenblieb: Gravida IV, Para II.

Wegen dem ansteigenden Blutdruck hatte Claudia immer häufiger Barbra gegenübergesessen, einer etwas fahrigen Neuseeländerin mit flaumigem Haar und pinkfarbenen Crocs. Barbra sagte oft, sie solle es langsamer angehen lassen und sich auf das Baby konzentrieren – als vermutete sie, dass Claudias Arbeitseifer die Fehlgeburten herbeigeführt haben könnte. Claudia wusste nicht einmal, was das heißen sollte: sich auf das Baby konzentrieren. Barbra wollte, dass ihr Blutdruck sank, was sollte sie also sonst sagen. »Was macht dir so viel Druck?«

Die Arbeit, hätte Claudia gern gesagt und konnte es nicht, die Arbeit! Außer Joe und ihrer Tochter Sylvie, die mehr und mehr zu einer französischen Nouvelle-Vague-Schönheit wurde, war die Arbeit das Einzige, das Claudia ernsthaft interessierte, aber das konnte sie Barbra gegenüber nicht zugeben, die ohnehin nicht das ganze Rolodex ihrer vielseitigen Lebensmisere würde kennenlernen wollen. Suzette war ihr auf der Spur; Mo benahm sich komisch. Claudia wollte bloß die letzten paar Wochen bei Cake hinter sich bringen, ohne alle gegen sich aufzubringen mit ihrem schrottreifen Herzen, ihrer proteinhaltigen Pisse und den Terminen bei Dr. Lim, einer gut gelaunten, aber unverblümten Ärztin aus Kuala Lumpur, die immer wieder sagte: »Das ist zu hoch! Warum ist er so hoch? Sie sind nicht mal fett!«

Am nächsten Tag nahm sich Claudia frühere Schmerzmittel-Werbeanzeigen aus Cakes Archiv vor. »Ich nehme Advil, weil meine Kinder eine Mutter ohne Kopfschmerzen verdienen«, stand in einer davon. Es war eine Frau zu sehen, die sich vor einer Abrissbirne wegduckte. »Seien Sie wieder normal, was auch immer normal für Sie bedeutet«, stand in einer anderen Anzeige unter einem älteren Herrn, der einen Golfschläger schwang.

Es hatte viel mit Scham zu tun. Das implizierte die Werbung – dass chronische Schmerzen etwas Beschämendes an sich hatten, etwas Weinerliches, dass sie aber außerdem nicht chronisch, sondern behandelbar waren. (War das die Aufgabe der Praktikanten? All diese Anzeigen auszuschneiden und abzuheften?)

Vergangene Woche hatte eine Sprecherin von CIPS sie zu der Infokampagne gebrieft, die vor der Werbekampagne geplant war. Finanziert mit drei Vierteln der einen Million Pfund Seed-Funding von Chalazan, wollte CIPS diese Kampagne zu chronischen Schmerzen im November fahren. Das würde das Schleppnetz für die potenzielle Kundschaft von Nocileve erweitern – von der grauenhaften täglichen Baseline von Leuten wie Glenn, zum Beispiel, hin zu hartnäckigen Wehwehchen: schmerzenden Mägen, Plattfüßen, Kälte.

CIPS würde außerdem Patienten-Experten stellen,

wenn die neu ins Leben gerufene Pain Awareness Week anstand, und seiner Mitgliedschaft Nocileve empfehlen. So würde ein optimierter Markt geschaffen und perfekt auf die Werbekampagne vorbereitet, in der Vorweihnachtszeit, wenn Betroffene am meisten litten. Claudia wusste im Grunde ihres überemsigen Herzens, dass erfolgreiche Kampagnen immer von solchen dreckigen Deals hinter den Kulissen in die Spur gebracht wurden. Von außen sah es dann leicht aus. Der Glockenzug; die Glocke; das Dingdong des Profits …

Claudia überlegte, ob sie Glenn in den Fernsehspots auftreten lassen sollten, aber Glenn zog einen so runter, und vermutlich konnte er seinen Schmerz nicht mal dann nach außen vermitteln, wenn er ihn elektrifizierte. Schon gestern hatte Mo ihre Ideen sanft aufs Abstellgleis geschoben, eine Strategie, die er kürzlich beim Mediationstraining gelernt haben musste. Mo war immer öfter abends zu Workshops und Netzwerktreffen gegangen, während sie Sylvie ins Bett bringen musste. Wen hatte er kennengelernt, und was wollte er von denen? Claudia konnte tagsüber zu Netzwerktreffen gehen, aber dann kamen nur Mittelgewichtsmütter in ihrem eigenen Alter, und was sollte das dann bringen?

Es war nicht undenkbar, dachte Claudia, dass Mo das Teamsystem insgesamt aufgab und solo weitermachte. Text wurde zunehmend unterbewertet: Es zählte nur das Bild – man sah es an Absolventen aus Wycombe und Watford mit Portfolios voller brillanter Grafiken ohne ein einziges Wort dazwischen. Wenn Mo sie verließ, wo sollte sie dann hin? Und als was, wenn sie vollkommen allein aus der Elternzeit zurückkam?

»Hi, Claudia«, sagte Suzette am selben Nachmittag und sprach den Namen sehr mitteleuropäisch mit »au« statt mit »o« aus. Sie bat sie herein. »Wie geht's dir? Wie geht's dem lieben Joe?«

Suzette fand es zum Totlachen, dass Claudia einen Grundschullehrer an einer staatlichen Schule geheiratet hatte. Claudia wollte antworten, aber Suzettes Telefon klingelte, und sie begann sich sofort mit dem Vertrieb zu streiten. »Nein«, bellte Suzette. »›Früh freigeben, oft nachbessern.‹ Das ist kein scheiß Hexenwerk, Leute.«

Suzette trug ärmellose schwarze Kleider, selbst im Winter, was ihre gläserne Schlankheit betonte. Mittags sah man sie immer nur ein paar Brokkoliröschen essen. Sie war noch braun von einer Urlaubsreise im Februar zu einer Karibikinsel, die sie nicht verriet – etwas mit Doppelnamen wie Turcs and Caicos oder mit Akronym wie die BVIs. Suzette buchte immer komplizierte Reiserouten, um eine Airline zu meiden, deren Account sie mit Mitte zwanzig bei MKR verloren hatte. Man durfte diese Firma nicht einmal beim Namen nennen.

Suzette hatte nicht einen, wie Mo und Claudia, sondern vier D.A.D. Pencil Awards auf ihrem Schreibtisch stehen. Ihre herausragenden Kampagnen – für Whiskas, NEFF, Honda, NatWest – hatten die Marktanteile ihrer Accounts verdoppelt. Früher hatte Claudia Suzette nachgeeifert. Jetzt mied sie sie, so gut sie konnte.

In dem Moment, als Suzette das Telefon weglegte, machte das Baby eine dieser seltsam gleitenden Turnübungen. »Wow, es bewegt sich so richtig«, sagte Suzette.

Claudia legte ihren Arm auf den Bauch. »Ist die Checkliste für den Wiedereinstieg nach der Elternzeit fertig?«, fragte sie.

»Für den Einstieg?«

»Wiedereinstieg.«

»Na klar. Also, jetzt *gerade* noch nicht. Aber sie wird da sein, wenn du auch wieder da bist. Auf jeden Fall. Ich frage Rose mal«, sagte Suzette. »Sie ist ganz gut, findest du nicht?«

Claudia zuckte mit den Schultern.

»Wie findest du Chalazan?«

»Spannend.«

»Erzähl«, sagte Suzette, und Claudia bemerkte diesen flügelflinken Lichtwechsel in ihrem Ausdruck, der echtes Interesse anzeigte.

»Die Stimmung in den Fokusgruppen war heavy. Pure Verzweiflung, weißt du? Angst, dass sich nie etwas ändert. Oder dass es schlimmer wird, als es ist. Deren Schmerz ist beinahe weltzerreißend.«

Claudia dachte an den Schmerz der Gravida III. So dumm, dachte sie, dem Kind so früh einen Namen zu geben, ihm ein ganzes Leben anzuhängen.

»Und er ist emotional«, sagte Claudia. »Sie hassen ihren Schmerz. Er laugt sie aus. Hast du diese eine Kampagne gesehen – ›Miss dein Cholesterin oder lande im Leichenschauhaus‹?«

»Gab das nicht Ärger?«

»Ja. Aber Ärger ist gut«, sagte Claudia. »Ärger gibt's gratis. Angst ist bei Konsumentscheidungen ein entscheidender Faktor, oder?«

»Wann ist der Pitch?«, fragte Suzette.

Das wusste Suzette selbst, definitiv.

»Am achtzehnten März«, sagte Claudia.

Suzette blätterte in ihrem Terminkalender. »Also, das Ding ist, dass Jasper Kontinuität wollen wird.«

Claudia vermutete, dass Suzette und Jasper – Calazans COO – früher Fickpartner gewesen waren und dass das Suzette diesen Pitch eingebracht hatte.

»Nach Biderdorf werden sie nervös sein«, sagte Suzette. »Und sie werden vor allem Kontinuität wollen, vom Pitch bis zum Launch. Du könntest diese eine Präsentation aussitzen, aber hinter den Kulissen mitmischen, so viel du magst. Und wenn du zurück bist, kommst du wieder dazu. Weißt du schon, wann das sein wird?«

»Du darfst mich das nicht ständig fragen. Es ist verboten.«

Suzette legte den Kopf in ihre Hand wie einen Tennisball vor dem Aufschlag. »Das soll sich einer alles merken.«

»Und was heißt das für mich?«

»Das liegt bei dir.«

»Du hast gerade gesagt, es würde den Kunden stören, wenn ich erst da wäre und dann nicht mehr.«

»Ja, krass, so überempfindlich, oder? Aber es liegt ganz allein bei dir.« Sie reckte die Hände zu einem ironischen kleinen Gebet. »Du bist der Heilige Stuhl. Da ist nur dieser Drang großer Firmen zur Kompletarisierung. Der Wunsch, dass alles tickt wie ein Uhrwerk.« Bei diesen Worten drehte sie ihre vier Bleistiftstatuetten um je 180 Grad. »Davon abgesehen ist es vielleicht einfach zu viel Stress. Du weißt schon. Mit deinem Herz und allem.«

Manchmal fragte sich Claudia in solchen Momenten misslungener Schwesternschaft, was Jacinda Ardern tun würde, aber ehrlich gesagt war sie mit dieser Herzlast und dem ungeborenen Kind zu müde, um Jacinda zu channeln. Barbra redete oft von Jacinda. Vielleicht war das bei Neuseeländern so üblich.

Suzette fuhr fort. »Ich fände es schade, wenn du deinen Körper unnötig belasten würdest. Deine Gesundheit hat die oberste Prio. Weißt du, Marketing ist wie ein Magnet: Alle Teilchen müssen in dieselbe Richtung zeigen. Sonst ...«, sie drückte ihre Fäuste aneinander und ließ sie auseinanderschnellen, »... gibt's null Magnetismus.«

Sie rückte ihre Familienfotos zurecht. Es überraschte Claudia immer wieder, dass Suzette nicht bloß so ein vollständiges Etwas war; dass es Nachkommen gab, Töchter. »Was hältst du von Vron?«, fragte Suzette.

»Mos Vron? Sie scheint nett zu sein. Weniger verzweifelt als die anderen.«

»*Tant pis*«, sagte Suzette. Claudia wusste nicht, was das hieß. »Ich finde ihn immer ein bisschen zackiger, wenn er Single ist.«

Vielleicht wollte Suzette Mo ficken? War es das?

»Gehst du am Sonntag mit den beiden Mittag essen? Wir sind eingeladen. Bruno kommt auch mit.« Suzette wartete nicht auf eine Antwort, und Claudia fragte sich, ob das wieder eins von Mos Manövern war: Suzette einladen, Claudia übergehen. »Übrigens will ich dich in unserer Antirassismus-Taskforce haben.«

»Braucht die keine Kontinuität?«

»Nein.«

»Sollte da nicht eine Person of Colour drin sein?«

Suzette ließ ihre kalten grünen Augen über den Boden schweifen. »Sieht's danach aus, als hätten wir so viel Auswahl?«

Daran, wie Suzettes Hand über der überforderten Maus schwebte, konnte Claudia erkennen, dass das Gespräch vorbei war. Im Gehen bemerkte sie ein neues Bild an der Tür. Die Darstellung einer Supernova. Für eine Frau wie Suzette wirkte das irgendwie kitschig. »Was ist das?«

»Ach«, sagte Suzette und blickte auf. »Der Hitzetod des Universums. Ich schau's mir an, wenn ich Zuversicht brauche.« Und dann – ernsthaft? Claudia war sich nicht sicher, aber sie meinte zu hören, dass Suzette murmelte: *ba-dumm, ba-dumm, ba-dumm*, wie das Metronom eines Herzens.

Später nahm sich Claudia die Insights vor. Sie las die Daten und las sie noch einmal. Es sah Mo nicht ähnlich, so wenige Ideen zu haben. Vielleicht bunkerte er sie, um in letzter Minute als rettender Held aufzutreten. Es wäre nicht das erste Mal. All die Leute in den Unterlagen taten ihr leid. Sie selbst lebte seit zwei Jahren in einer Wolke aus psychischen Schmerzen, aber diese Menschen ertrugen ihre seit Jahrzehnten.

Suzette kam vorbei; sie war auf dem Weg in Annas und Aymans Büro. Die beiden saßen an einer Kampagne für einen Handyhersteller, und bisher waren ihre Ideen alle abgeschmettert worden. Suzettes blonder Bob war zu sehen, aber nicht ihr Gesicht. Hören konnte Claudia auch nichts, aber sie ahnte, dass Suzette in ihrer neuen

Batman-Stimme sprach. So strafte sie Leute ab, seit Roberto weg war. Roberto war Cakes einziger Schwarzer Kreativer gewesen, und Suzette hatte ihm das Leben zur Hölle gemacht. Sie war mit ihm nicht schlimmer umgesprungen als mit allen anderen auch, aber irgendwie doch, denn sie hätte sich Mühe geben können – nur ein bisschen –, zu ihm netter zu sein. Nach Robertos Kündigung hatte die Personalabteilung Suzette verboten, andere anzuschreien; daher das Batman-Flüstern, das die Sache nicht besser machte.

Als Strafe wegen Roberto und weil Suzette auf einen Schlag die Diversity-Statistik versaut hatte, musste sie seitdem die Antirassismus-Taskforce leiten. Aber Claudia wusste, dass ihre Chefin Leute immer noch Schwachköpfe nannte und die Bürotoiletten für die fast vollständig weiße Belegschaft immer noch Heulkabinen hießen.

Mo schien Suzettes Art wenig auszumachen. Aber er liebte eben seinen Don Draper – man sah es daran, wie er mit Suzette und Claudia und sogar mit Rose umging; immer gab er den Gönner, nur um einen plötzlich wieder fallenzulassen. Erst neulich hatte er Rose eine Einweisung in ein Grafikprogramm angeboten, und als sie dann auftauchte, hatte er sie weggeschickt und weiter seinen Ball gegen die Wand geworfen.

Claudia hatte solche Männer gedatet.

»Wie lief das Catch-up-Meeting?«, fragte Mo.

»Ach, gut«, sagte Claudia. »Suzette meinte, meine Gesundheit sei wirklich wichtig.« Dass ihre Mitarbeit an Nocileve gefährdet war, wollte sie Mo nicht sagen; sie wollte ihm den Triumph nicht gönnen. »Und du isst am Sonntag mit Suzette zu Mittag?«

»Ja, das hat Vron organisiert. Kommt ihr auch? Ihr bräuchtet einen Babysitter.«

»Klar«, sagte sie hinterrücks. »Liebend gern.«

»Ich koche«, sagte Mo. »Mit Knoblauch gespickte Lammkeule.«

»Klingt lecker.«

Joe hasste ihre Arbeitsessen, verständlicherweise, weil Claudias Kollegen ihn entweder belächelten oder ignorierten. Sie fragte sich, wenn sie schon einen Babysitter brauchten, ob sie vor dem Lunch eine Stunde zu zweit einschieben könnten. Aber was sollte sie dann sagen? Sie wusste, dass Joe litt, aber auch, dass sie nicht daran rühren durfte. Fontänen aus Schmerz und kein Auffangbecken. Inzwischen existierten sie beinahe getrennt voneinander.

»Hast du schon was?«, fragte Mo.

Claudia wandte den Blick ab, als Anna Richtung Toilette eilte. »Nein.« Sie nahm einen Schluck eisenhaltiges Wasser. Es schmeckte nach Blut. »Du?«

»Es geht das Gerücht«, sagte Mo, »dass Suzette eine rumänische Gräfin ist. Dass wir sie nicht mit Eure Hoheit anreden sollten, sondern mit Eure Durchlaucht.«

Sie hatten nur noch drei Tage für die Kampagne, aber den Mittwoch versauten Termine mit Barbra und Dr. Lim. Barbra war nicht das Problem. Barbra war schnell, effizient, aber Dr. Lim war gefragt; sie zog stundenlange Wartezeiten hinter sich her wie eine Spur aus Schmieröl.

Claudia saß allein im Wartezimmer. Joe konnte nicht zu jeder Vorsorge mitkommen – offiziell schon, aber praktisch nicht, weil sein Stundenplan es nicht hergab. Viele Frauen kamen allein her, also war es kein Drama. Um sie herum hingen Poster, die sie ermahnten, dass sie sich gesund ernähren sollten, in Bewegung bleiben, auf Kaffee verzichten, nicht auf dem Rücken schlafen, nicht rauchen (wenn es denn sein musste, vapen) und unbedingt ohne Ausnahme versuchen sollten zu stillen. Claudia schaute im Kleingedruckten nach den Interessengruppen, die hinter den Kampagnen standen – MaTs; BBys; CaFaS; alles Kürzel, die ihr nichts sagten.

Sie machte sich auf dem Handy Notizen und rief für Updates bei Mo an, aber ihn schienen die Durchsagen über die Lautsprecheranlage zu nerven, und er erledigte ihre Slogans mit seinem Mediationsding (»Betrachten wir es doch mal aus einer anderen Perspektive«). Claudia wollte auf keinen Fall, dass Nocileve am Freitag an ein anderes Team ging. Es würde ihr so guttun, diese Kampagne zu sehen, wenn sie in der lichtlosen Tiefsee der Mutterschaft festsaß. Sie könnte dann denken: Das habe ich geschafft. Sie könnte denken: Und ich kann es wieder schaffen.

Aber als sie sich umsah, begriff sie, dass der Tag so gut wie vorbei war. Sie stellte sich den Schmerz im Krankenhaus vor, die Fähigkeit seiner Mitarbeiter, das Allergrößte zu leisten, nämlich den Schmerz zu betäuben. Daran hielt sie sich fest, in der Hoffnung, dass der Gedanke sie inspirieren würde, aber es kam nichts. Stattdessen erinnerte sie sich, wie sie nach der zweiten Fehlgeburt auf dieser Station war, nach der in der 19. Woche, um die »vollständige Entleerung« vornehmen zu lassen.

Sie hatten schon allen von der Schwangerschaft erzählt. Schon erstaunlich, wie sie sich anschließend fühlte – ein harter Kern aus Schmerzen – und dass Joe nicht mit ihr hatte reden können. Auch Freunde sprachen ungern darüber. Besonders jetzt, wo sie schwanger war. *Siehst du!* Sie sah es in ihren Augen. *Du hast schon eins, und andere können gar keine kriegen! Sei dankbar für das, was du hast!*

Aber das verstorbene Baby … Oh! Sie hatte ihm einen Namen gegeben, hatte sein Gesicht vor sich gesehen, sein Leben, seine Zukunft … Ihr Sohn. Manchmal packte sie ohne Vorwarnung der festsitzende Schmerz um ihn und ließ sie erstarren.

Endlich rief Dr. Lim sie auf.

Claudia kannte inzwischen die unverblümte Art ihrer Ärztin; die Halogenlampen im Untersuchungsraum; den grauen Schneematsch der Ultraschallbilder. Claudia kannte auch das Handtuch auf ihren Beinen und das kühle Kontaktgel auf dem Bauch. Zumindest war Dr. Lim witzig. Sie benahm sich gar nicht ärztlich, was Claudia zu schätzen wusste, weil alle anderen Mediziner sie in einer Tour infantilisierten.

Während Dr. Lim die Ultraschallsonde hin und her schob, exerzierten sie das Frage- und Antwortspiel zur Präeklampsie durch. »Gab es Augenflimmern?« (»Nein.«) »Schwebende Flecken?« (»Nein.«) »Kopfschmerzen?« (»Nein.«) »Schwellungen? Ich meine, unübliche Schwellungen«, sagte die Ärztin mit Blick auf Claudias Füße. »Nicht diese Marshmallows.« (»Nein.«)

Das Gel roch leicht spermienartig, wie eine Linde im Sommer.

»Hatten Sie in Ihrer letzten Schwangerschaft bereits Bluthochdruck?«

Das fragte Dr. Lim jedes Mal. »Ja.«

»Eine gestresste Mama, hm?« Da war das Baby – im Fruchtwasser rudernde Beine. »Du bist ja wach, Baby! Sonst schläfst du immer, Moppel-Moppel.«

Bei manchen Terminen hatte Claudia eine kalte Sprite trinken müssen, um das Kind zu wecken, bei anderen hatte sie Hampelmänner geturnt. Die Sonde glitt über das Gesicht. Claudia sah das Profil – die winzige Nase, die Lippen, die aussahen wie Sylvies. Sie spürte, wie ihr Herz, das sich sonst so fest um den Eisenstab ihres Arbeitsplatzes legte, sich öffnete und freute. Das war ja das Verrückte, diese Babys – ihre Liebe zu ihrer Tochter war außergewöhnlich; vielleicht zehnmal stärker als das, was sie für Joe empfand. »Hallo, Baby«, sagte Claudia und war plötzlich glücklich. »Hallo.«

»Gibt's einen Namen?«

»Diesmal nicht.«

Dr. Lims Atem roch nach kaubaren Magentabletten. Sie lauschten dem Herzschlag des Babys: So schnell! Im vollen Galopp! So schnell wie nie wieder in seinem Leben! »Okay, bitte anziehen.« Dr. Lim schaltete den Verstärker aus. »Und wie ist Ihre Stimmung?«

Das kam überraschend; diese Frage stellte Dr. Lim sonst nie.

»Was soll ich sagen, das alles hier …«, sagte Claudia, vergebliche Tränen in den Augen. »Ich verbringe mehr Zeit hier als bei der Arbeit.«

»Ist Ihr Job sehr anstrengend?«

»Ich arbeite in der Werbebranche.«

»Eklampsie«, sagte Dr. Lim, »bedeutet Blitz.« Sie fuhr im Zickzack durch die Luft. »Sie kann jederzeit zuschlagen.«

»Ich weiß«, sagte Claudia. »Das weiß ich.«

»Haben Sie *Downton Abbey* geschaut? Lady Sybil in Staffel drei? Frauen sind dran gestorben, ständig. Mit nichts als einem Holzlöffel zum Draufbeißen. Aber ernsthaft. Sie sollten überlegen kürzerzutreten.« Dr. Lims Stimme wurde seltsam und aufrichtig. »Es steht viel auf dem Spiel.«

Bei früheren Terminen hatten sie über ihre Schwangerschaftsvorgeschichte gesprochen. Claudia fand die Vorstellung unerträglich, dass die Ärztin darauf zurückkommen könnte.

»Es liegt bei Ihnen«, sagte Dr. Lim. »Aber wenn Sie jetzt ruhen, kann Ihnen das später helfen. Ich kann Sie krankschreiben, wenn es Ihnen die Sache erleichtert.«

Claudia schaute sie an. »Sind wir … an einem kritischen Punkt?«

Dr. Lim legte den Kopf schief.

»Ich meine, muss ich das jetzt entscheiden?«

Diesmal nickte Dr. Lim.

Claudia dachte an den Pitch, aber auch an Joe, der einen weiteren Verlust wahrscheinlich nicht verkraften würde, und an Sylvie. Sie dachte an die Nase des neuen Babys auf dem Ultraschallbild; eine Stupsnase, perfekt wie eine Nuss.

Bei der zweiten und auch der dritten Schwangerschaft hatte die Fehlgeburt in den Bürotoiletten begonnen. Das erste Mal war sie erst in der sechsten Woche gewesen und hatte emotional nicht viel empfunden. Schon komisch, hatte sie gedacht, als sie eine Monatsbinde in ihre Hose klebte, damit sie heimgehen und sich mit einer Ibuprofen ins Bett legen konnte, dass jemand nebenan eine der Heulkabinen benutzte, wahrscheinlich wegen einer Erniedrigung durch Suzette, während ihr feindseliger Uterus allmählich ein winziges Baby abschob, nicht größer als ein Daumennagel. Vermutlich, dachte sie jetzt, war es schon damals überhaupt nicht komisch. Sie war traurig gewesen, aber nicht überwältigt.

Das war erst viel später, bei der dritten Schwangerschaft geschehen. So granitschweren Schmerz hatte sie nie zuvor erlebt. Sie hatte sich verliebt in ihren Sohn, unbekannterweise, und konnte nicht fassen, dass sie ihm nie begegnen würde. In den ersten Tagen zu Hause war ihr eine Beerdigung durch den Kopf gegangen. Doch da war niemand, mit dem sie hätte trauern können. Joe ging wieder zur Arbeit. Sie war krankgeschrieben, aber es gab keinen Ort für ihre Trauer.

Als sie wieder einstieg, war Mo nett zu ihr gewesen. Vielleicht froh, dass ihm ein Karrierehindernis erspart blieb, aber das war ein garstiger – wenn auch nicht unbedingt abwegiger – Gedanke.

Später redete niemand darüber: weder bei der Arbeit noch zu Hause. Joe wollte nur mit Blick auf Jean Seberg seine Cornflakes essen und sein Leben weiterleben – der Lehrerberuf war anstrengend. Sie würden ein weiteres

Kind bekommen. Er begann mit dem Fitnesstraining. Ging ins Studio. Feilte obsessiv an seiner gesunden Ernährung.

Bei der Arbeit wurden Claudia und Mo auf eine Kampagne angesetzt, mit der Sechzehn- bis Achtzehnjährige für die Armee angeworben werden sollten, mit Fokus auf bestimmte Bevölkerungsgruppen in den ärmsten britischen Städten. Alle anderen Teams hatten den Auftrag abgelehnt, und Claudia hatte angenommen, was Mo überraschte. Was war schon dabei, dachte sie – als ihr Werbeclip muntere Jungen und Mädchen in den Tod schickte, über einen Hindernisparcours in den feuchten Dschungel –, das Leben teilte karge Rationen aus; man konnte daraus machen, was man wollte.

Der sonntägliche Lunch wurde zu einem beliebten Italiener in Clerkenwell verlegt. Das Restaurant war randvoll mit Marketingmenschen, die gedeckelte Beleuchtung schwummrig. In der Luft lag ein Grundrauschen erfolgreichen Gemurmels.

Joe wirkte abgerissen in dieser Tischgesellschaft, besonders neben Suzette, die mit ihrer Föhnfrisur aussah wie eine Republikanerin im Wahlkampf. Neben ihr plauderte Vron mit Suzettes Lebensgefährten Bruno, und Joe erzählte Suzette von seiner veganen Ernährung. Suzette sprach das Wort mit Betonung auf der zweiten Silbe aus: »Und seit wann lebst du schon ve-*gan*?«

Claudia wusste, dass Suzette sich langweilen würde, also ließ sie Joe reden.

Sie hatten von Mos Wohnung auf den Italiener umgeschwenkt, als der Lunch zu Claudias Abschiedsessen wurde. »Oh, gut«, hatte Suzette gesagt, als Claudia ihr Dr. Lims Krankschreibung zeigte. »Dann können wir einen Haufen Firmengelder verbrennen.« Und auch Mo wirkte – sosehr er es zu verbergen versuchte – über ihren vorzeitigen Abgang erleichtert. Jetzt war sie aus dem Weg, und er konnte durchstarten, so viel er wollte.

Sie hatte das Richtige getan. Sie war Dr. Lims Rat gefolgt. Sie handelte nach Barbras Anweisung: Konzentriere dich auf das Baby. Nächste Woche würde sie nichts tun. Sie würde sich einfach um sich kümmern, ruhen. Aber es machte ihr jetzt schon Angst. Was würde passieren, wenn sie Zeit zum Nachdenken hatte?

Die Hauptspeisen kamen. Joe blickte auf ihre Kalbshaxe und zuckte zurück.

Bruno war sehr gut aussehend – das waren Suzettes Freunde immer. Er war ein hochgewachsener Argentinier, professioneller Bodyboarder. Claudia fragte ihn nach dem Unterschied zwischen seinem Sport und dem Surfen.

Das Board sei viel kleiner, sagte er, und der Füllschaum ein anderer. »Und du liegst flach«, sagte er und wischte sich eine Locke aus der Stirn, »auf dem Bauch.« Er bog seine Hand zu einer Form, die vermutlich eine Welle darstellte.

»Wann ist es so weit?«, fragte Vron dazwischen.

»Am vierundzwanzigsten April.«

Vron kniff die Lider zusammen. »Ein Mädchen?«

»Ein Junge.«

Vron sah enttäuscht aus.

»Das wusste ich gar nicht«, sagte Suzette skeptisch.

»Doch«, sagte Claudia mit einiger Endgültigkeit, »ein Junge.« Diesmal hatte sie niemandem etwas erzählt.

»Und wie fühlst du dich?«, fragte Vron.

Claudia überlegte, ob sie von der Präeklampsie berichten sollte, verwarf es dann aber und beschloss, dass sie Vron nicht mochte. Sie sagte, es ginge ihr gut.

Bruno begann, von seiner Mutter zu erzählen. Sie litt, sagte er, an einer degenerativen Erkrankung, die einer Motoneuron-Krankheit glich, aber keine war. Suzette schien ihm von Nocileve erzählt und dabei vergessen zu haben, dass es größtenteils Blendwerk war. Seit Jahren, sagte er, werde seine Mutter von Ärzten nicht für voll genommen. Von einem Psychiater zum nächsten geschickt. »Aber ihr fehlt nichts! Stark wie ein Ochse ist sie«, sagte er und tippte Claudia gegen die Stirn, »hier oben.«

»Das ist ganz typisch, dass man glaubt, es wäre psychosomatisch. Weißt du, was *meine* Mutter macht? Sie trägt bei Arztbesuchen ihre schlechteste Kleidung. Und kein Make-up. Überhaupt keins. Wenn du zu gut aussiehst, glauben sie dir gar nichts. Dabei sind Zweifel pures Gift für diese Leute.« Claudia bemerkte, dass sie den Kalbsknochen blank geputzt hatte.

Bruno legte sich eine Hand aufs Herz. »Ich habe ihr immer geglaubt. Immer.«

»Sie könnte es mit Antidepressiva probieren.«

»Ich sagte doch gerade«, sagte Bruno unglücklich und tippte sich diesmal an die eigene Stirn, »es ist nicht hier oben.«

Claudia hatte keine Lust, es zu erklären – Schmerz, Affekt, Bedeutung.

Suzette erzählte von Dreharbeiten für eine australische Biermarke in Tasmanien. Sie mussten mit der verhassten Airline fliegen, wie sie Joe erzählte, weil keine andere Hobart anflog.

»Wusstest du, dass sie zwei Millionen Tonnen CO_2 in die Atmosphäre jagen, und das jeden Monat?«, fragte Joe.

»Ich weiß«, sagte Suzette und wand sich. »Ekelhaft. Ich hasse sie.«

Claudia lächelte vor sich hin bei dem Gedanken, dass Joe so viel besser war als all diese schrecklichen Menschen. Er schien ihren Blick zu bemerken und lächelte etwas unsicher zurück.

Suzette schlug mit dem immer noch blutigen Steakmesser an ihr Weinglas. »Auf Claudia!«, sagte sie. »Die in den Genesungsurlaub geht, die Arme.« Sie machte ein trauriges Gesicht, dann ein fröhliches. »Und auf das kleine Cake-Baby da drin!«

Alle prosteten sich zu. »Auf Claudia!«

»Bring das Kleine mal mit, ja, damit es seinen Bürodaddy kennenlernt!«, fragte Mo.

Joe kniff die Lider zusammen. Claudia lächelte. Was zur Hölle sollte das denn heißen?

»Und natürlich: ›Hallo, Leben!‹«, sagte Suzette und hob noch einmal ihr Glas. Alle wiederholten es, auch Joe, der nicht wusste, dass er den neuen Nocileve-Slogan nachgeplappert hatte.

Beim Tiramisu beriet Vron Suzette in Sachen Reisealternativen nach Hobart, und Mo erzählte Joe von der Kampagne: Viertel vor vier am Freitagnachmittag sei es gewesen, sagte er, gefährlich nah an der Deadline, als es ihnen einfiel. Und natürlich war es im Grunde ganz einfach, wie alle guten Ideen. Die Anzeige würde eine Frau darstellen, die sich aus dem Erdreich zur Sonne durchgrub. Sie erreicht die Oberfläche und kann endlich wieder atmen. »Hallo, Leben«, sagt sie. »Hallo.«

»Es ist *mir* eingefallen«, sagte Claudia, »nicht uns.«

»Natürlich«, sagte Mo mit einer angedeuteten Verneigung.

Noch lebhafter erinnerte sich Claudia aber an das, was danach passiert war. Nach dem Pitch in Suzettes Büro (»Ich liebe es. Es ist perfekt.«) war Claudia ihre Sachen packen gegangen und Mo noch geblieben. Claudia konnte nicht anders, als zu beobachten, wie er über Suzettes Witze lachte. Sein Entwurf war auf dem Whiteboard zu sehen und darüber Claudias Slogan.

Hallo, Leben. Hallo.

Aber nachdem Rose ihnen Kaffee gebracht hatte, war Rose nicht wieder gegangen. Sondern Rose hatte sich auf Claudias Platz gesetzt.

Im Restaurant fiel ihr auf, dass sie ihr Dessert nicht angerührt hatte und dass Bruno noch immer mit ihr zu reden schien. »Ich will für Mama mal was anderes probieren«, sagte Bruno mit einer Hand auf Claudias Unterarm. Warum fasste er sie an? »Ich schicke ihr etwas von dem Nocileve«, sagte er. »Mal schauen, ob das funktioniert.«

»Nocileve?« Claudia dachte an Glenns Todesmaskengrimasse; seine unsichtbar quälende Sepsis. »Ja. Warum nicht? Sie braucht etwas, an das sie glauben kann.« Sie dachte an Rose, die bei der Chalazan-Präsentation ihren Platz einnehmen würde. Sie dachte an Barbra, an

Dr. Lim. Sie schaute Joe an. Sie dachte an das verlorene, unbetrauerte Baby. »Sonst, na ja, sonst kann so ein Schmerz alles überschwemmen.«

Flatten the Curve

Ängste waren Deborahs Spezialität. Ja, sie waren praktisch ihre besten Freunde. Im Januar hatte sie früher als alle anderen Angst vor der Pandemie gehabt: Sie hatte Folgemilch für das Baby gehamstert und nach Dettol riechende, bernsteingelbe desinfizierende Seife. Und als die Pandemie endlich kam, hatte es sich für Deborah seltsam befriedigend angefühlt:

Hallo. Da bist du ja.

Ich habe auf dich gewartet.

Vielleicht mein Leben lang.

Wie sich herausstellte, war das Virus – und zwar schon lange, genau wie sie es geahnt hatte – überall: auf der Babyschaukel, dem Knopf an der Ampel, an diesem dämlichen Hund, der seinen Sabber auf den sauberen Händen ihrer Tochter verteilte.

Aber als die Krankheit dann da war, ließen Deborahs Sorgen seltsamerweise nach. Sie hatte einmal gelesen, dass neurotische Menschen während des Blitzkriegs weniger neurotisch geworden waren, weil die Luftangriffe bestätigten, was sie schon immer befürchtet hatten: Die Welt ist gefährlich; sie ist schlecht.

Und: Ich wusste, dass ich recht hatte, schon die ganze Zeit.

Noch nie zuvor hatte Deborah das Gefühl gehabt, dass sich die Realität mit ihrer Weltsicht deckte. Jetzt war sie genau wie alle anderen. Oder besser – haha –, jetzt hatten alle anderen das Pech, so zu sein wie sie.

Im März beschloss Deborah, ihr Haus uneinnehmbar zu machen. Sie und die Familie verließen es nur, um in den Garten zu gehen; wenn die Kinder wirklich verrücktspielten, ging Cal mit ihnen auf einen nahe gelegenen Sportplatz. Sie badeten ihre Einkäufe. Besprühten die Post. Alle ihre Freunde machten es genauso. Cal hatte vor drei Jahren eine Lungenentzündung gehabt. Männer wie er – Ende vierzig, eigentlich fit – lagen auf den Intensivstationen im Sterben.

Obwohl alles so neu war, kam ihr dieser Rückzug vertraut vor. Deborah war Expertin darin, sich Freuden zu versagen. Manchmal hielt sie monatelang Diät, und wenn sie Lebensmittel wieder hätte einführen können, ließ sie noch weitere weg: den Zucker, dann das Obst; Kohlenhydrate, dann auch Alkohol. Im Vergleich mit anderen Leuten konnte sie sich schöne Dinge länger vorenthalten. Anscheinend wollte sie diese Dinge nie so dringend, wie andere Leute sie wollten.

Eines Morgens ging Deborah mit den Kindern in den Garten. Sie schaute dem Kleinen zu, wie er die Blumenkübel auf der Terrasse auskippte. Zwei dunkle Ränder zeigten an, dass er seine Windel durchgenässt hatte. Ihr Baby war grobschlächtig und übergroß; nichts passte. Sie nahm ihr Handy und googelte: »Wie groß sind Einjährige?«, und klickte auf Fotos von tragbaren Kindern mit schmalen Taillen. Sie fragte sich, ob sie sich langweilte. Anfangs hatte ihre Abschottung sie noch ganz erfüllt, aber es war Wochen her, dass sie einen Fuß vor die Haustür gesetzt hatte.

Sie hörte den Nachbarn sein Gartentor öffnen, und bald waren durch den Sichtschutzzaun Karos von Andreis braun gelocktem Haar zu sehen. Seine Frau und er waren Brasilianer. Er telefonierte gerade beruflich; Andrei machte irgendetwas mit Marketing. Vor dem Lockdown hatte Deborah gesehen, wie er beinahe tanzte, um auf der Straße einem Hundehaufen auszuweichen. Er hatte schön ausgesehen, behände.

Deborah trug seinen Körper im Gedächtnis mit sich herum wie ein Souvenir. Dabei wusste sie nicht einmal mehr, ob sie ihn wirklich attraktiv gefunden hatte: Vielleicht bildete sie es sich ein, jetzt, wo ihr altes Leben den hilflos erotischen Voodoozauber eines vergessenen Traums angenommen hatte. So oder so redete Deborah mit Andrei nur aus zehn Fuß Abstand durch den Sichtschutzzaun, damit der Luftzug seinen Atem verwehen konnte.

Sie fragte sich, ob Julia und Andrei es hörten, wenn sie Sex hatten. Von den beiden hatte Deborah nie etwas gehört. Wo sie so darüber nachdachte – auch die Nachbarinnen auf der anderen Seite hatte Deborah nie beim Sex gehört. Sie vermutete, dass die beiden einen zweiten Wohnsitz hatten und hin und her wechselten. Eigentlich hätte sie erwartet, dass Lesben ein bisschen extrovertierter wären, aber vielleicht war das nur wieder eine heteronormative Perspektive. Bei den Nachbarinnen hingen handgemalte Regenbogen für den NHS im Fenster, obwohl sie gar keine Kinder hatten.

»Wie geht's?«, fragte Andrei, als er aufgelegt hatte.

»Ach ja«, sagte Deborah. »Muss ja.« Der Kleine lächelte sie zahnlos an, und sie streichelte ihm den Rücken. »Wie geht's Joey?«

»Ganz gut. Er sagt nicht mal mehr, dass er rauswill!«

»Zara auch nicht.«

Anfangs war es schwer gewesen, Joey und Zara voneinander zu trennen. Wie bei den Montagues und den Capulets! Aber inzwischen betrachteten die Kinder einander nur noch durch die Fenster.

»Wir könnten Badminton spielen«, sagte Andrei. »Über den Zaun, meine ich, irgendwann mal.«

»Sicher«, sagte Deborah und folgte der Flugbahn des pathogenen Federballs mit den Augen. »Das wäre nett.«

Zara kam mit dem Vergrößerungsglas in der Hand in den Garten. Sie spielte in letzter Zeit gern Spionin. Sie trug einen Badeanzug, was gefährlich war, denn die seidige Glätte des Materials schien sie zu berauschen. Sie war ein auffallend sinnliches Kind: Zara führte vor ihrem Zimmerfenster erotische Tänze auf, und manchmal schaute Joey ihr vom Trampolin aus zu. Deborah wollte es ihrer Sechsjährigen am liebsten verbieten, aber sie fragte sich, ob es davon nur schlimmer würde. »Hi, Baby«, sagte sie, legte Zara eine Hand unters Kinn und widerstand dem Drang, sie zu küssen, denn vielleicht waren die vielen Küsse ja gerade das Problem.

Zara erhob ihre Lupe. »Ich kann dich sehen«, sagte sie. »Ich kann alles sehen.«

Nebenan begannen die Schutznetze des Trampolins zu beben. »Oh«, sagte Zara. »Ich wusste gar nicht, dass Joey hier ist.«

»Zara!«, rief Joey, und auf dem Höhepunkt seiner Sprünge spannten sich seine Haare zum Schirm auf. »ZARA!«

»Mögt ihr eine Packung Eier?«, fragte Andrei. »Ich habe mehrere Paletten voll.«

»Ich bin hier! Ich bin hier!«, rief Joey.

»Nein«, sagte Deborah zu ihm. »Danke.«

»Geh nicht, Zara! Geh nicht weg!«

Aber Zara kicherte und schlenderte ins Haus, und der Kleine rupfte eine Pflanze aus der Erde, und Deborah musste an teure Hotels denken, sauber und sexy, ohne Vorgeschichte.

Im April war das Wetter von einer erstaunlichen L. A.-typischen Klarheit: nichts als blau emaillierter Himmel, endlose Helligkeit, heiße Zimmer ohne jedes Mysterium. Deborah spürte, dass auch Cal sich langweilte, aber er kam mit dem Hausarrest inzwischen besser klar: Er hatte ein festes Sportpensum, der Garten gedieh, er verbrachte mehr Zeit mit den Kindern. Je mehr er aufblühte – emotional, körperlich, spirituell –, desto mehr ärgerte es sie.

Deborah arbeitete als externe Personalerin. Zu Beginn des Lockdowns war ihre Firma ihren Wünschen nach flexibleren Arbeitszeiten entgegengekommen, aber jetzt waren sie es leid und bestanden darauf, dass sie wieder in Vollzeit verfügbar sein sollte. Seitdem wechselten Cal und sie in quälenden Kaskaden von Zwei-Stunden-Schichten zwischen Arbeit und Kinderbetreuung hin und her. Fast ununterbrochen versuchte einer von ihnen, den Kleinen zum Schlafen hinzulegen.

Sie hatte gedacht, dass sie es monatelang durchhalten könnte, aber in Wahrheit begann sie jetzt schon zu bröckeln. Wenn sie ehrlich war, war ihr Bedarf an trautem Familienglück gedeckt; sie hatte genug davon. Das Problem war der automatisierte Zyklus aus Putzen, Kochen und Betreuen. Das Problem war die fehlende Abwechslung: Am nächsten kalenderlosen Tag war wieder nichts zu tun, auch wenn der Himmel, die blaue Badewanne, brannte.

Seit Cal nicht mehr zum Friseur ging, war sein Bart dichter geworden; er hielt ihn mit Nelkenöl geschmeidig. Er hatte langes Haar und schamanische dunkle Augen. Oft wurde er für einen Araber gehalten. Von der Gartenarbeit war seine Haut stark gebräunt, und seine Hände waren rau geworden. Er sah besser aus als je zuvor, aber Deborah spürte, wie ihr Begehren nachließ. Eine Freundin hatte erzählt, ihr gefiele der Lockdown, weil sie in der Mittagspause über ihren Mann herfallen könne. Cal und Deborah fielen nicht viel übereinander her. Aber Julia und Andrei genauso wenig und auch nicht die lesbischen Nachbarinnen, die mysteriöserweise wieder aufgetaucht waren.

»Gestern sind 931 Menschen gestorben«, sagte Deborah eines Abends beim Essen. Sie informierte Cal täglich über die aktuellen Opferzahlen.

Deborah schaute immer die Nachrichten, weil es sie darin festigte, dass sie das alles aus moralischen Gründen auf sich nahmen. Wenn sie die Balkengrafiken betrachtete, zwang sie sich, um die Toten zu trauern, aber es war nicht leicht, an zwanzig-, dreißig-, vierzigtausend

Menschen auf einmal zu denken. Sie veranschaulichte sich die Toten in Busladungen, Konzertsälen, Stadien. Auch das machte ihr ein schlechtes Gewissen: Sie wäre gern noch entsetzter gewesen, aber je mehr sie sich um Anschaulichkeit bemühte, desto größer wurde die Metapher, die sie dafür brauchte, und desto unmöglicher war es, sie sich vorzustellen.

Deborah schaute auf ihren Abendbrotteller: gebratener Lauch, Blumenkohl und Reis. Sie wusste sofort, dass das Gemüse dem, was sie brauchte, nicht gewachsen war.

Cal war vegan. Auch daran war nicht viel zu ändern.

Am Himmel war ein Geräusch zu hören. Es war länger kein Flugzeug mehr vorbeigekommen. Sie lebten in der Stadt, aber die Stadt war wie niedergestreckt, unterworfen. »Glaubst du, es ist am besten, sich einfach fallenzulassen und es hinzunehmen?«

»Was hinzunehmen?«, fragte Cal.

»Also, mit dem Für und Wider aufzuhören? Buddhistischer zu sein, die Niederlage zu akzeptieren – dass es nur Leid verursacht, wenn man etwas will?«

Cals Gesicht blieb ausdruckslos. »Was willst du denn?«

»Ich weiß nicht«, gab sie zu, dachte aber: Nicht das hier.

Eine Zeit lang schwiegen sie, und Cal las WhatsApp-Nachrichten. Deborah schaute beim Essen nie auf ihr Handy. Und WhatsApp hasste sie sowieso. Sie fühlte sich von den ständigen Nachrichten belagert.

»Gestern habe ich mit Satomi geredet«, sagte Deborah. »Sie hat ihrem Mann gesagt: ›Gib mir das Virus! Injiziere es mir! Ich halte es keine Minute länger mit den Kindern aus!‹«

»Ist Satomi nicht Buddhistin?«

»Ich weiß nicht. Kann sein.«

Sie aßen weiter. Sie aßen gegen die Langeweile, und Deborah fühlte sich weicher, gekräftigt. Sie ließ den Blick durch das Esszimmer schweifen. Das Haus hatten sie erst kürzlich gekauft, und Deborah fragte sich, ob es sich erneuern ließe oder ob es sie für immer an den Schrecken und die Trägheit dieses Jahres erinnern würde. Dabei wusste sie, dass sie zu den Privilegierten gehörten: zwei Kinderzimmer, ein Garten; aber sich daran zu erinnern hob nicht ihre Laune. »Das alles. Warum steht das nicht im Verhältnis? Der ganze Horror, meine ich« – ihre Stimme gewann an Kraft –, »die improvisierten Leichenhallen, die einsamen Begräbnisse, warum macht mir *das da*« – sie wies vage zum Fenster hinaus – »nichts hiervon leichter?«

»Es ist nun mal schwer.«

»Ich dachte immer, ich wäre in so was die Größte. Im Durchhalten.« Sie hatte gedacht, es wäre wie der Verzicht auf Tabak, Alkohol, Zucker. »Aber das stimmt nicht, wie es aussieht. In Wahrheit bin ich extrem anfällig. Schwach.«

Cal zog sie sich auf den Schoß. Sie strich ihm über den Bart, seine Todesstern-Schwärze. Cal war so gut aussehend. Sie liebte ihn und wollte doch mehr von ihm. Es sah aus, als wollte er noch etwas sagen, aber dann schrie der Kleine, und Deborah ging nach ihm schauen.

Oben im Kinderzimmer ließ sich ihr Baby problemlos trösten. Er wehrte sie nicht ab, und da war nichts von der üblichen Ambivalenz. Sie küsste ihn, als er schlief, küsste ihn so oft, dass er fast wieder aufgewacht wäre; dann zwang sie sich, ihn in sein Bettchen zurückzulegen.

Sie spähte durch die Lücke im Vorhang und sah Andrei, der wieder telefonierte; diesmal auf Portugiesisch. Sie fragte sich, mit welcher Sorte Frau er sich auf eine Affäre einlassen würde. Er blickte zu ihr auf und lächelte.

Sie legte den Finger an die Lippen.

Andrei machte eine entschuldigende Geste und zog sich in den Schuppen zurück, dabei hatte sie ihn gar nicht ermahnen wollen.

Unten hörte sie Cal das Geschirr spülen und dabei Skatevideos schauen; sie erkannte das flammenartige Knistern des Intros und das Rollen von Rädern. Manchmal bekamen sie abends nichts anderes mehr hin, als sich in ihre Handys zu vertiefen. Sie vergeudeten die Abende, weil sie keine Energie dafür übrig hatten. Abends waren sie beide erledigt.

Ein Luftzug saugte den Vorhang in den Raum und flutete das Zimmer mit Licht; vermutlich hatte das den Kleinen aufgeschreckt. Deborah erinnerte sich an eine vierzehnstündige Flugreise von Tokio nach London, bei der durch die Kabinenfenster das Licht eines endlosen Nachmittags hereingedrungen war. Ja; diese Drift, dieses Warten, dieses nachlässige Essen.

Trotz Deborahs Motivationskrise war immer noch die doppelte Menge Arbeit in der halben Zeit zu tun. Andere Firmen beauftragten Deborahs Firma mit Verwaltungsaufgaben, und was das Personalmanagement anging, beriet ihre Firma die Klienten in juristischen Fragen: Erstaunlich vieles war legal. Deborah erklärte ihnen, wie sie Angestellte zwangsbeurlauben oder Entschädigungsgelder beantragen konnten, wie man Verluste melden musste, um an Zuschüsse zu kommen. Manchmal fühlte sich das alles mies an. Cal arbeitete als Manager in einer Hilfsorganisation mit dem Schwerpunkt auf Trinkwasser. Manchmal zog sie das noch zusätzlich runter.

Während des heutigen Zoommeetings plauderte Deborah mit ihren Kollegen in einem Ton über Elternschaft, von dem sie wusste, dass er andere Frauen aufregte: Sie erzählte, wie ihr Baby mit dem Glätteisen, dem Backofen, den Steckdosen spielte, aber je sarkastischer sie wurde, desto lauter lachten die Männer, und dann fühlte sie sich wie eine von ihnen. Sie wusste selbst nicht, warum sie das tat: warum sie nie erzählte, dass das Leben mit den Kindern in dieser ständigen Beschränkung auf den Innenbereich auch nett, ja sogar entzückend sein konnte.

Unten tobten Kinder. Vogelrufe gellten von Baum zu Baum.

Ihr kleiner Schreibtisch stand am Fenster; im Hintergrund war das Bett zu sehen. Sie befürchtete, dass die Kinder hereinkommen könnten, und sehnte sich gleichzeitig danach, von ihnen unterbrochen zu werden, damit sie den Kollegen hätte sagen können:

Seht ihr? Seht ihr?

Womit ich mich herumschlagen muss?

Ihr Chef schaltete sich zu, und das Meeting nahm Fahrt auf. Die meiste Zeit ging es um eine Einzelhandelsfirma, einen im Raum Asien-Pazifik agierenden multinationalen Konzern, gegen den ermittelt wurde, weil er einen staatlichen Corona-Hilfskredit aufgenommen und für eine Werbekampagne ausgegeben hatte. Und das war schlimm genug, aber fast noch schlimmer fand Deborah den dazugehörigen Werbeslogan, der Kunden dazu verlockte, der nationalen Krise durch Onlineshopping davonzusurfen: »Click for Calm«. Sollte die Alliteration etwa ein Echo von »Clap for Carers« sein? Aber sie behielt ihre Meinung für sich. Der CEO meinte, die Aufregung würde sich bald wieder legen.

Hinter ihr schlenderte Zara ins Bild.

»Oh, hallo!«, sagten alle außer dem CEO.

»Sag hi, Zara.«

Zara sagte nichts und warf sich auf das ungemachte Bett; ihr Blick der einer jungen Braut. »Ich muss dann mal«, sagte Deborah, der Zaras aufsehenerregendes Badeoutfit schmerzlich bewusst war. »Zeit fürs Homeschooling.«

»Viel Spaß, Deborah!«, schrieb jemand als Privatnachricht in den Chat und setzte ein Zwinker-Emoji dahinter. »Ich mache jetzt Patisserie!« Dann folgte ein Baguette-Emoji, was nichts mit Patisserie zu tun hatte, fand Deborah; das war nur ein Brot.

In Wahrheit bekam Zara so gut wie gar keinen Unterricht zu Hause.

»Wo ist deine Lupe?«, fragte Deborah und klappte den Laptop zu. »Bist du gar keine Spionin?«

»Hab ich verloren.«

»Spreiz nicht so die Beine, Babes.« Es nahm wirklich

überhand; wann war das passiert? »Vermisst du deine Freunde? Die Schule?«

»Nein.«

»Wo ist Daddy?«

»Macht Yoga mit dem Baby. Können wir Aliens spielen?«, fragte Zara. »Oder Meerjungfrauen? Oder Babys?«

Babys war eindeutig am schlimmsten.

»Flamm flark Manousch«, sagte Deborah, und Zara zerrte sie in ihr Zimmer. »Ich komme vom Planeten Zoug.«

Sie spielten eine halbe Stunde lang ganz vergnüglich, und Zara sah immer glücklicher aus, je mehr sich Deborah auf ihre Rolle einließ. Irgendwann langweilte sich Zara, kletterte aufs Fensterbrett, um Joey auf dem Trampolin zuzuschauen, und schlug mit der flachen Hand gegen die Scheibe: »Joey!«

»Zara!«, rief er ganz oben, und beim nächsten Sprung: »ZARA!«, und dann: »ICH LIEBE DICH!«, woraufhin sich Zara vor Lachen krümmte.

Auch Julia war im Garten; sie trug einen Frotteebademantel. Deborah öffnete das Fenster einen Spalt, um zu hören, ob es ein interessantes Telefonat war, aber an Julias Tonfall erkannte sie, dass sie nur mit ihrer Mutter sprach, die regelmäßig aus São Paulo anrief.

Deborah hielt Ausschau nach Andrei. Er kam ihr entschlossener vor als Cal, ein bisschen eindeutiger maskulin – kein Yoga und keine gemeinnützige Arbeit; er war Verkäufer und stemmte Hanteln im Garten. Sie fragte sich, ob er ein nachdenklicher Mann war. Sie fragte sich, ob Julia und er Geheimnisse voreinander hatten. Sie dachte öfter an ihn; bei Zoommeetings erschien sein Gesicht ungefragt vor ihrem inneren Auge. Und wenn sie an ihn dachte, fiel ihr auf, dann zog etwas an ihr; etwas wie Verlangen. Besonders abends passierte es, wenn Cal an seinem Telefon hing und sie schon im Bett lag, und dann verdunkelte sich ihr Gehirn, als liefe es voll Wasser.

Eine Wolke aus Apfelblütenblättern umhüllte Joey, von der Elektrostatik des Trampolins in der Luft gehalten. Es war dermaßen schön, dass sich Deborah einen Moment lang vergaß. Der schwebende Schnee hing in der Luft, dann rieselte er wie durch einen Zaubertrick zu Boden, und das Bild verschwand.

Deborah begann, im Garten auf Andrei zu warten. Sie konnte nicht unterscheiden, ob sie Andrei selbst begehrte oder einfach irgendeinen Fremden, der ihr wieder das Gefühl gab, in einem Körper zu existieren.

Andrei hatte angefangen, sich oberkörperfrei zu sonnen und oberkörperfrei draußen zu arbeiten. Elternpflichten schien er nicht viele wahrzunehmen. Manchmal hörte sie Julia und ihn sich streiten, was ihr guttat, weil Cal und sie auch stritten, über die kleinsten Kleinigkeiten – Dinge, über die sie sich früher nie aufgeregt hätten, aber schließlich hatten sie nie vorgehabt, sich für immer in all dieser teigigen Nähe einzubunkern.

Immer mehr Zeit ging vorüber. Es gab einen Meteoritenschauer, den Deborah irgendwie verpasste, und nachts war der Himmel so klar, dass die Sterne eine kalte Intensität verströmten. Satomi hatte ihr ein Buch über Buddhismus geschickt, von dem sie sagte, dass es ihr half, den Lockdown zu ertragen. Deborah versuchte, wie es das Buch empfahl, die Vergänglichkeit im Blick zu behalten, besonders die Vergänglichkeit ihres eigenen Leidens, aber es half nicht. Sie hatte sich für eine Meisterin des Nichtswollens gehalten, aber jetzt tat sie nichts anderes mehr, als Dinge zu wollen, die sie nicht haben konnte: Sie wollte sich mit ihren Freunden treffen, wollte in einem Club voller schwitzender Körper zu wilder Tanzmusik feiern, und vor allem wollte sie Andrei, der etwas Seltsames mit ihren Speicheldrüsen anstellte.

Bei der Arbeit hatte sie die »Click for Calm«-Kampagne beerdigt, indem sie die neuen Diversity-Quoten des Konzerns anpries, und der CEO dankte ihr dafür.

Das Vogelkonzert wurde immer irrer, wie eine Tropenvoliere vorm Fenster um vier Uhr morgens. Sie begann, die Vitaminkapseln der Kinder zu essen.

Die beiden Lesben waren wieder weg.

Inzwischen war die Zahl der Toten so hoch, dass man sie sich unmöglich veranschaulichen konnte, nicht einmal durch Metaphern. Donnerstags um acht Uhr morgens stellte sie sich mit Cal auf die Türschwelle und klatschte für die Helden der Pandemie, wenn auch nicht besonders enthusiastisch. Ihre Tante hatte erzählt, in China sei es Tradition, dass Staatsbürger »Bitterkeit essen« müssten – dass man Dinge zu ertragen hatte, ohne darüber zu reden, ohne sich zu beschweren und natürlich ohne zu applaudieren.

Bitterkeit essen, das kam ihr besser vor, als zu klatschen. Das Klatschen war nutzlos. Manche von denen, die da applaudierten, waren vermutlich selbst potenzielle Superspreader: Leute, die ausgingen und sich mit anderen trafen und denen es egal war, ob sie jemanden umbrachten. Sie musste daran denken, wie überrepräsentiert People of Colour und Schwarze bei den verstorbenen Ärzten, Pflegern und Pflegehelfern des NHS waren, und ließ ihre Hände nur widerstrebend gegeneinanderschlagen, weil es ihr für diese ganze sinnlose Tragödie viel zu dämlich vorkam.

Sie beobachtete Andrei weiterhin obsessiv im Garten. »*Olà*, Deborah«, sagte er, wenn sie aus dem Kinderzimmerfenster schaute. Es turnte sie an, wenn er Portugiesisch sprach. »Olà, Andrei«, antwortete sie dann mädchenhaft. Sie versuchte, Blicke in sein Bad zu erhaschen. Eines Tages nach einem Mittagsschlaf masturbierte sie und stellte sich vor, er würde sie im Stehen ficken, an den Zaun gelehnt, der ihre Grundstücke voneinander trennte, und es war so heiß, dass sie in einer Minute kam.

Eines Abends kochte Deborah Bœuf bourguignon. Sie wusste, dass es Cal aufregen würde, und tat es trotzdem.

»Was tust du da?«, fragte er.

Die Küche roch nach tierischem Fett und köchelndem Rotwein.

»Das Baby isst nur Brei, du isst kein Fleisch, Zara mag nichts mit Geschmack; bin ich hier die Einzige, die sich von normalem Essen ernährt?«

Er sagte, sie müsse durchgedreht sein, aber sie spürte, wie verletzt er war. Er rief wieder die Vines des Jahres auf, und sie schauten zu, wie das folkloristische Internet ihnen das Unglück auszutreiben versuchte.

»Was ist los mit dir?«, fragte er schließlich, auf dem fleckigen Sofa ausgestreckt, denn schöne Dinge würde es erst wieder geben, wenn das Baby groß war. »Warum willst du plötzlich, dass die Kinder so was essen? Ein Tier? Wir hatten ausgemacht, dass sie vegetarisch aufwachsen.«

»Tut mir leid«, sagte sie und fragte sich selbst, was mit ihr los war, dass sie den Kindern eine Mahlzeit aus den Einzelteilen einer Kuh zubereitet hatte.

»Der Klimawandel interessiert dich wohl überhaupt nicht?«

»Doch«, sagte sie zutiefst beschämt. »Natürlich! Natürlich interessiert er mich.« Auf dem Bildschirm fiel ein Mann vom Dach und landete in einem Pool. »Soll ich dir vielleicht einen Nachtisch machen? Aus Jackfruit oder so?«

»Nein. Du kannst das nicht einfach …«, Cal schaute sich um, »… wieder einhebeln.«

»Ich weiß nicht, was das heißt.«

Cal schaute sie an, und einen Moment glaubte sie, er setze zu einem großen dramatischen Monolog an, aber das tat er nicht. »Was ist los mit dir, Deborah?«

»Ich weiß es nicht.«

»Ich weiß nicht, ich weiß nicht! Das sagst du andauernd. Finde es besser mal raus. Ich kann so nicht mit dir weiterleben.«

Cal ging ins Bett, und sie fragte sich, ob sie ihm folgen sollte. Wenn sie miteinander schliefen, vielleicht würde dann alles besser, aber das hatte sie sich vermutlich mit dem Rindfleisch verscherzt.

Als er nach oben verschwunden war, trank Deborah

den Rest von dem Kochwein; dann öffnete sie noch eine Flasche. Sie schenkte sich ein Glas voll und scrollte durch eine Klatschwebsite. Eine Stunde lang schaute sie sich Fotos von den Kardashians an und dann von George und Amal. Sie fragte sich, ob sie den Lockdown genossen, weil sie es hassten, so berühmt zu sein, aber vielleicht war das auch nur Fassade. Sie überflog Adeles krassen Gewichtsverlust und einen Text über Elon Musk und Grimes, die ihr Baby »X Æ A-12« genannt hatten. Sie fragte sich, was diese Zeichen bedeuten sollten. Vielleicht war es ein buddhistischer Chant? Deborah sagte »X Æ A-12« ein paarmal vor sich hin und fragte sich, ob es ihr Begehren nach Andrei eindämmen würde – auch das eine Rechenaufgabe, die sich nicht eindeutig auflösen ließ.

Sie zog sich einen Mantel über und ging raus, in der Hoffnung, im Garten Andrei zu begegnen. Vielleicht bahnte sich, wenn seine Frau im Haus war und Cal schlief, zwischen ihnen etwas Tiefgründiges an, etwas Schönes und Rares. Vom anderen Grundstück zog Grasgeruch herüber, aber als sie sich auf den Gartentisch stellte, war es Julia, die sich einen Joint angesteckt hatte.

»Hi, Deborah. Ich würde dir ja gern davon abgeben.«

»Ach, schon in Ordnung. Ist wohl besser so.«

Julia nahm einen Zug. »Wann warst du zum letzten Mal draußen?«

»Richtig draußen?«, fragte Deborah. »Keine Ahnung. So vor vierzig, fünfzig Tagen?«

»Unfassbar. Wir gehen zumindest zum Supermarkt. Oder in den Park.«

»Cal hat eine Lungenentzündung gehabt. Wir sind einfach vorsichtig.«

»Aber wirst du nicht langsam wahnsinnig?«

»Es ist wie in den Filmen über die Juden in Deutschland«, hörte Deborah sich sagen, und obwohl sie selbst jüdisch war, hatte sie das Gefühl, sich auf dünnem Eis zu bewegen. »Immer denkt man: ›Es ist 1938! Seht ihr denn die Gefahr nicht? Verschwindet aus Berlin! Bringt euch in Sicherheit!‹ Und ich sehe alte Leute hier bei uns auf der Straße und denke: ›Es ist 2020! Bleibt zu Hause! Nur einen Tag noch!‹ Stattdessen tummeln sie sich da draußen in der Virenzone und umarmen ihre Freunde, als *wollten* sie gar nicht überleben.«

Deborah schämte sich für ihre Holocaust-Analogie und versuchte zurückzurudern. Sie musste betrunkener sein, als ihr klar gewesen war. »Na ja, so erkläre ich es mir zumindest«, sagte sie. »Damit wir durchhalten, weißt du.«

»Ja, Langeweile kann echt komische Dinge mit einem anstellen«, sagte Julia.

Deborah zuckte mit den Schultern. »Wer tot ist, langweilt sich nicht mehr.«

Andrei kam durch die Hintertür in den Garten. Ihr fiel auf, wie breitschultrig er mittlerweile war. Was für eine hübsche schmale Hüfte er hatte. Sie fragte sich, ob es ein Vorurteil war, wenn sie fand, dass er beim Gehen beinahe Samba tanzte. *»Ciao, amore«*, sagte Andrei. Einen rasenden Moment lang dachte Deborah, er hätte sie gemeint. Aber auch: War das nicht Italienisch statt Portugiesisch? »Hallo, Deborah«, sagte er.

»Gehst du aus?«

»Nur zum Supermarkt«, sagte er und zwinkerte ihr zu.

Julia verdrehte die Augen. Andrei öffnete das mit einem Vorhängeschloss gesicherte Gartentor und verschwand die Gasse hinunter. *»Adios!«*

Auch noch Spanisch?

»Er ist mit Freunden zum Poker verabredet«, sagte Julia. »Zum Kartenspielen und Whiskeytrinken.«

»In einem Innenraum?«

Julia zuckte mit den Schultern. »Jeder macht so seine Ausnahmen.« Sie nahm einen letzten Zug. »Nacht, Deborah«, sagte sie und ging ins Haus.

Deborah war auf einmal angewidert. Es war, als hätte Andrei sie absichtlich getäuscht. Er war einer von *denen*: einer, der zu töten bereit war, weil er sich einfach nicht an die Regeln halten wollte. Andrei war ein Mörder. Potenziell zumindest. Sie dachte an ihre eigene moralische Selbstbeschränkung, ihr Leiden – laut Satomis Buch eine der vier Säulen des Buddhismus – und die vielen Male, die sie von ihm fantasiert hatte. Sie lehnte den Kopf ans Tor. Hier hast du deine Säule, dachte sie und begann, mit der Stirn gegen den Pfosten zu schlagen. *Dong, dong, dong.*

»Mummy, wach auf!«

Deborah spürte, wie eins ihrer Lider vom Vergrößerungsglas ihrer Tochter geöffnet wurde.

»Ich bin gekommen«, sagte Zara, »um dich zu verhaften.«

Deborah setzte sich auf, und der Kater schlug zu. »Oh, fuck.«

»Das Wort sollst du nicht sagen, Mummy. Das Baby weint.«

Die Träger von Zaras Badeanzug funkelten im gedämpften Licht.

»Warum trägst du den Badeanzug?«

Zara schaute an sich herunter. »Den habe ich jeden Tag an.«

»Ja, wirklich? Wie wär's, wenn du mal was anderes anziehen würdest, Süße?« Dann überlegte sie es sich anders. »Ach, tu, was du willst.«

Deborah ging nach dem Baby schauen. Sein Bettzeug war feucht von ausgelaufenem Pipi, und er hatte immer noch die Latzhose vom Tag davor an, ohne T-Shirt, sodass er wie ein Miniaturhandwerker aussah. Letztendlich würde der Kleine ihren Kater verschlimmern, aber fürs Erste verhinderte seine kompakte Masse, dass Deborahs Ängste ihre Tentakel ausstreckten. Es war der Alkohol. Alkohol verstärkte immer ihre Ängste.

»Ich bin ja da«, sagte sie und drückte ihn an sich. »Ich bin ja da«, dabei fühlte es sich an, als ob dieses Ich jeden Moment auseinanderfallen könnte. Ihr ganzer Kopf pochte, und sie erinnerte sich, wie sie ihn gegen den Pfosten geschlagen hatte, und damit an ihre Empörung über Andreis illegalen Ausflug; daran, wie viel sie getrunken hatte, weil sie ihn dermaßen falsch eingeschätzt und weil der Schmerz dieser Enttäuschung sie dermaßen überrumpelt hatte.

Unten stellte sie die zwei leeren Flaschen in den Recyclingbehälter, dann holte sie eine wieder heraus, damit Cal Mitleid mit ihr bekam. Sie machte Pancakes für die Kinder und ließ Cal weiterschlafen, damit sie später Verhandlungsmasse hatte. Zaras briet sie in Herzform, und der Kleine warf seinen auf den Boden.

»Schau, Mummy!«, sagte Zara und schnitt ihren Pancake mittendurch. »Mein Herz ist gebrochen! Kapierst du's? Hm? Hm?«

»Ich hab's kapiert, Baby.«

Als Cal aufwachte, gestand sie ihm, dass sie verkatert war. Er küsste sie und sagte, er würde mit den Kindern rausgehen und eine Doppelschicht übernehmen. Er war so gut zu ihr; sie war so schlecht.

»Hast du mir das Rindfleisch verziehen?«, fragte sie. »Es tut mir leid. Ich glaube, ich drehe langsam durch.«

»Ist schon gut. Es ist schwierig«, sagte er. »Es ist alles echt schwierig.«

Als die drei weg waren, begab sie sich auf eine schlimme Tauchfahrt im Internet. Sie las Artikel darüber, wie die Klimaerwärmung den Permafrost an den Polen auftaute und dass deshalb Millionen von Mikroben, die dem menschlichen Immunsystem noch nie begegnet waren, in dichten Wolken aus dem Boden aufsteigen würden: Anthrax, Blattern aus dem Kolyma-Strom, hochinfektiöse Botulismuserreger; wer wusste, was sich noch alles unter dem Eis verbarg? Dann würden Fische die Mikroben essen, und ein örtlicher Jäger würde die Fische essen, und er würde mit seiner Frau schlafen, die einem kanadischen Ölsucher Kaffee servierte, der dann nach Toronto zurückkehrte und im Regionalzug nach Hause die Augen schloss, und sein Atem, nicht weniger real als ein Stück Stoff, flatterte als schillernde Fahne in eine ausgestorbene Zukunft.

Irgendwann kamen Cal und die Kinder heim, und ihre Körper, ihre wunderbar reale Präsenz trösteten Deborah wieder. Sie machte sich klar, dass es drei Menschen gab, die sie liebte, und dass sie sterben würde, wenn ihnen jemals etwas zustieß.

Später, als das Baby schlief und Cal im Gartenschuppen war, schaute sie mit Zara zusammen *Frozen*. Der Film gefiel ihr. Sie fragte sich, ob sie nicht ihre Ängste als Superkraft einsetzen könnte, so wie Elsa aus den Händen eisige Energieblitze ausstieß. Andererseits bezweifelte sie, dass die Ängste etwas anderes sein konnten als ein Dunkel – ein Dunkel, auf das sie viel lieber verzichten würde. Elsa entdeckte das alles gerade für sich, aber Deborah war müde, und es gab längere Passagen, in denen Prinzessin Anna sie nervte. Als sie gerade einnickte, hörte Deborah die Hintertür zuschlagen.

Sie rappelte sich auf in der Erwartung, Cal hereinkommen zu sehen. Er würde sie ganz beruhigen, ihr sagen, dass er sie liebte und dass bald alles wieder gut werden würde.

Stattdessen war es Joey. Er lächelte ihr zu, als wäre das alles vollkommen normal. Sie starrte ihn an. Das Gartentor. Hatte Andrei es nach der verbotenen Pokerrunde nicht wieder abgeschlossen?

Was tat Joey hier in ihrem Haus?

»Bitte«, sagte sie, hellwach plötzlich, kein bisschen verkatert. Ihre ganze Mühe umsonst, und das nur wegen eines Idioten wie Andrei. »Bitte nicht bewegen.«

»Hi!«, sagte Zara fröhlich. »Wie bist du hier reingekommen?«

Ohne Vorwarnung sprang Joey auf sie zu, und die beiden plumpsten aufs Sofa. »Du siehst schön aus«, sagte er und drückte sie an sich.

»Joey! Joey!«, rief es im Flur. Andreis Schritte näherten sich, dann erschien auch er in der Tür. Das Komische war, dass Andrei aus der Nähe nicht so aussah, wie sie ihn sich vorgestellt hatte; überhaupt nicht. »Joey!« Andrei war sichtlich erschüttert. »Oh, es tut mir so leid, Deborah! Joseph, nein!«

»Andrei«, sagte Deborah und dachte dabei nur an Cal. »Andrei, bitte geh wieder raus.«

In dem Moment fiel ein Lichtstrahl auf Zara und Joey, die wie Romeo und Julia in der Gruft auf dem Boden lagen – und Deborah sah den Staub aus den malträtierten Kissen durch ihr Haus zirkulieren.

Dino Moms

Wir fanden's alle so schlimm, als Mrs Cooper draufging, wobei das Rätselraten um ihren Abgang uns ein bisschen abgelenkt und zu ausführlichen Spekulationen geführt hat: Was hatte sie nachts draußen verloren? Warum hatte sie ihr Gewehr nicht dabei? Vögelte sie mit Patrick, war es das? Und was würde aus ihrer Tochter werden, der kleinen Sandy Cooper – erst elf und so schlecht auf das Leben vorbereitet, von einer Mutter, die dumm genug war, sich vom Carnosaurus fressen zu lassen?

Wochenlang fragten wir uns, was Patrick mit Sandy anstellen würde. Sie wurde immer frecher und aufsässiger, und in den bisherigen Staffeln hatte er mit schwierigen Familien kurzen Prozess gemacht. *Dino Moms* ist eine geskriptete Realityshow: quasi *Jurassic Park* mit Tierärztinnen in einem ganzjährigen Sommercamp. Es geht um Doktor-Moms mit ihren Doktor-Töchtern – und ohne den Mom-Anteil funktioniert es nicht wirklich. Aber Patrick schien Sandy behalten zu wollen. Niemand wusste, warum.

Seit Mrs Cooper »ihren Gewinn einlösen gegangen ist« – wie Mrs Appleton es ausdrückt –, verbringt meine Tochter Mol öfter Zeit mit Sandy, und wenn die Mädels beide in derselben Folge auftauchen, steigt die Einschaltquote um locker zehn, zwanzig Prozent. Sie ziehen eine junge Zuschauergruppe mit großen Aspirationen auf sich, und deshalb kommt Sandy neuerdings überallhin mit. Es gibt Schöneres, ehrlich gesagt. Sandy ist oft launisch und schleppt ihren Sack voller trauriger Wackersteine hinter sich her: *klomp, klomp, klomp*.

Zum Glück *schläft* sie zumindest bei Mrs Appleton, was für mich eine Erleichterung ist, wenn auch nicht gerade für Mrs Appleton, die ihre meiste Zeit auf der Dinoranch ganz für sich verbracht hat, und jetzt muss sie sich um ein trauerndes Mädchen kümmern, das so gut wie keine Selbstbeherrschung hat. Die arme Sandy – Mrs Cooper war auch nicht der Bringer als Mutter, also hat sie eine Niete nach der anderen gezogen.

Seit Mrs Coopers »Abschied« kommt »Toro« (so nennen die Zuschauer den Carnotaurus) unserer Einfriedung näher. Er hinterlässt kurz vor dem Elektrozaun riesige Poop-Emojis; morgens zieht Petroleumdunst über das Gelände. Ich frage Mrs Appleton, ob sie denkt, dass Toro einsam ist und nach einer Gefährtin sucht, weil er die ganze Nacht rumheult; er brüllt und knirscht mit den Zähnen.

»O nein«, sagt sie. »Ich denke, er hat Geschmack an uns gefunden.«

Die Familien wechseln sich darin ab, Szenen mit Toro zu drehen, und Mol reagiert auf diese Aufgabe zunehmend zickig. Toro hat rote Augen und eine Stimme wie brechendes Metall; seine Speichelfäden sind so lang, wie unsere Hütten hoch sind. Ich weiß, dass Mol Angst hat, aber da ist wenig zu machen: Ich zeige ihr die Betäubungspfeile, die geladenen Gewehre und erkläre ihr dass der Geruch der Putenfarm ihn von uns ablenkt. Es ist Sandy, die sie auf dumme Ideen bringt, aber ich kann nicht jedes Mal einfach nachgeben, wenn Mol sich von ihrem Steinzeithirn leiten lässt, und meistens kriegt sie sich kurz nach Beginn der Toro-Szenen ein und hat Spaß daran.

Auf jeden Fall hat uns diese Sendung viel Freude und gemeinsame Zeit beschert, und das macht die brenzligen Situationen mehr als wett. Am liebsten mag ich es, mit Mol im Bett zu liegen und in den »Ranch-Schlaf« zu sinken, wie wir es nennen: einen so tiefen Schlaf, dass man nicht mal träumt. Bald wird sie für das Ganze hier zu alt sein; vermutlich ist sie es jetzt schon. Ich sage ihr Millionen Mal am Tag, dass ich sie liebe. Vielleicht ist das zu viel, aber meine Mutter hat es nie zu mir gesagt – nicht mal in ihren letzten Stunden, als auch sie auf dem Weg war, ihren letzten Gewinn einzulösen.

Heute wird uns ein verletzter Ankylosaurus im Westgehege gemeldet. So ein Ankylosaurus ist nicht ohne: ein drei Tonnen schwerer Dino-Igel mit Knochenstacheln und einem Morgenstern als Schwanz. Komischerweise machen mich die Notfallmeldungen auf der Ranch nervös. Meine Ausbildung habe ich mit kleinen Haustieren gemacht, und von der feuchten, schuppigen Haut der Dinos wird mir übel. Anders als bei Katzen oder Rennmäusen oder dem guten alten Spitz haben ihre kreidezeitlichen Augen etwas Unmenschliches an sich. Das ist eine körperliche Reaktion, die ich im Auge behalten und überwinden will, und meistens geht es nach ein paar Minuten wieder. Das sage ich auch zu Mol, wenn sich Toro nähert: Lass die Angst auf dich zurollen wie eine

Welle. Lauf nicht davon. Lass dich ganz darauf ein. Die Angst ist in dir, aber sie ist nicht du. Als Mol Patrick erzählt hat, dass sie seit der Sache mit Mrs Cooper Angst hat, hat er ihr eine Meditations-App spendiert, die sie allerdings ziemlich sicher nicht nutzt.

Ich antworte auf den Funkspruch und sage, dass wir uns kümmern werden. Zur Antwort höre ich Patrick sagen: »Nimm Sandy mit.«

Verdammt.

Dino Moms ist ein Mix aus milder Spannung, Tierarztdoku und Sponsoreninhalten. Im Lauf der Woche werden Außen- und Innenaufnahmen gesammelt. Bei Filmsequenzen auf der Ranch führt Patrick die Regie; was drinnen passiert – unsere Beziehungen untereinander, Mutter und Tochter beim Frühstück, Verabredungen zum Spielen –, wird von den Homecams aufgezeichnet und in den Folgen dazwischengeschnitten.

Die Folgen tragen unsere Nachnamen: Mrs Leiss und der Mosasaurus, Mrs McCabe und der Megalodon und so weiter. Deshalb reden wir uns untereinander nicht mit Vornamen an. Diese Marotte führen wir auch ohne Kameras weiter, aber es ist nun mal alles ein bisschen irre: Wir leben unter Dinos! Unsere Töchter sind »Ärztinnen«! Unsere Monatsblutungen haben sich synchronisiert!

Mrs Appleton öffnet uns die Tore der Einfriedung und dann die der Ranch. Sandy und Mol sitzen hinten im Jeep, aber bei dem Motorenlärm kann ich ihr Geplapper nicht hören. Der Wüstensand ist rot; hier und da ragen Felsen auf, so hoch wie Kreuzfahrtschiffe, und der Bewuchs sieht aus wie Algen in einem rostigen Meer. Ich liebe diesen Ort. Er macht mich glücklich: Dem, was ich sein will, denke ich, bin ich hier näher als je zuvor.

Die Kameracrew baut noch auf, als wir ankommen, also warte ich eine Weile. Diese Aufnahmen sollen das Kernstück der Story werden, die in dieser Folge auf der Szene aufgebaut wird. Die üblichen Themen sind Familie, Fürsorge und Patricks Steckenpferd: Geschichten vom Verlieren und Wiederfinden.

Die Ankylo liegt auf der Seite; sie blökt und schlägt mit dem Schwanz. Es erinnert mich daran, wie meine Mom hilflos auf der Trage lag, und ich muss das Bild beiseiteschieben.

»Mrs Leiss?«, sagt Sandy.

»Ja, Liebes?«

»Mrs Leiss, wenn Patrick sich über Funk meldet, kriege ich Angst.«

»Warum?« Ich mustere sie im Rückspiegel. Sandy hat fusselige Haare und angsterfüllte grüne Augen; wie ihr Gesicht auf dem Bildschirm funktioniert, ist und bleibt mir ein Rätsel.

»Weil wir dann gefährliche Sachen machen müssen.«

Sandy ist seit dem Tod ihrer Mutter besonders sensibel, also gehe ich behutsam vor. »Das ist nur natürlich, Liebes«, sage ich. »Aber wir alle müssen Dinge tun, die uns nicht gefallen. Wie du damit umgehst, liegt ganz bei dir. Und du kannst es genauso gut positiv sehen, weil Patrick ja nicht aufhören wird, sich zu melden. Und das ist gut so, denn sonst wären wir arbeitslos!«

Patrick gibt ein Zeichen, und wir steigen von Kameras und Mikrofonen verfolgt aus dem Wagen.

Die Ankylo sieht schlimm aus. Hunderte Maden tummeln sich in einer Wunde am Bauch. Die Kloake ist gerötet und entzündet, und das Männchen hat eins ihrer Hinterbeine zerschmettert. Paarungen sind immer gefährlich für die Weibchen.

»Blärks!«, sagt Sandy nach einem Blick auf die Wunde.

Das ist inzwischen ihre Standardreaktion auf verletzte Dinos, und ich finde sie stumpfsinnig. Wenn sie es mal anders formulieren würde, wäre es schon weniger öde. Mol hat angefangen, sie nachzuäffen, was mich wahnsinnig macht.

»Die Maden essen Fleisch«, sage ich, »so wie du Fleisch isst. Da gibt es keinen Unterschied.«

»Ich bin keine Made«, sagt Sandy mit ihrem offenen, leidenden Gesicht. »Und außerdem gibt's noch so was wie einen *Herd.*«

»Wir werden sagen, dass sie ihre Familie verloren hat«, sagt Patrick ohne Mikro. »Dass sie von der Gruppe getrennt wurde.«

Das ist Patricks Standardstory, wenn eine Paarung schiefläuft. Hier ist die Mama, heißt es bei ihm, hier der Papi und hier die Babys, obwohl er weiß, dass die Fleischfresser, ohne zu zögern, den eigenen Nachwuchs hinunterschlingen würden.

Ich überprüfe die Vitalfunktionen des Dinos. »Was meint ihr, Mädels, warum die kleinen Dinos nicht nach ihren Müttern rufen?«

»Warum?«

»Wenn sie auch nur einen Pieps von sich geben, verspeist Mommy sie zum Mittagessen.«

Mol lacht und bringt einen Eimer Wasser aus dem Wasserloch. Sie lässt die Ankylo mit ihrer blauen Zunge davon trinken. Die Mikroangel baumelt über unseren Köpfen.

»Pass auf, dass du nicht Krätze kriegst oder so was«, sagt Sandy.

Ich werfe ihr einen Blick zu, der bedeutet: Sag was Angemessenes.

»Sie ist ja so süß«, sagt Sandy.

»Weißt du noch, als wir hier mal gepicknickt haben?«, frage ich Patrick abseits der Mikros.

»Sicher«, sagt er.

Ich verpasse der Ankylo ein Schmerzmittel und kübelweise Antibiotikum. Wegschaffen können wir sie nicht, also müssen wir hoffen, dass Toro sie heute Nacht nicht findet. Wenn Patrick gnädig gestimmt ist, wird er Toro vielleicht mit ein paar Puten füttern und ihn nicht rauslassen.

»Was, wenn Toro sie erwischt?«, fragt Sandy mit einem Seitenblick auf Patrick.

»Toro soll sich jemanden von seiner eigenen Kragenweite suchen«, sage ich, was überhaupt nichts aussagt, aber egal.

Mol sieht blass aus; sie weint. Einer der Kameramänner nimmt sie ins Visier. »Hey, Baby«, sage ich und lege die Arme um sie. Zwar versorgen wir in Eden Park ständig zusammen Dinos, aber von Todesfällen habe ich sie immer sorgfältig ferngehalten. »Keine Sorge. Patrick sagt, sie kommt durch.«

Sandy will ein Selfie mit Mol und der Ankylo machen. »Sad face!«, sagt sie. Beide schauen ernst. Leise, außer

Hörweite von Patrick, aber, wie ich fürchte, nicht außer Reichweite des Mikros, sagt Sandy zu Mol: »Ich hasse diesen beschissenen Park.«

Ich schaue mich nach Patrick um, aber er hat es nicht gehört. Mit solchen Vokabeln um sich zu werfen ist ziemlich dumm, besonders für jemanden, der wie Sandy am letzten Faden hängt. Sandy wurde hier geboren – eine echte Lebenslängliche – und sollte es nun wirklich besser wissen.

Patrick bedeutet mir, dass ich den Arm um Sandy legen soll wie eben bei Mol. Ich ziehe beide zu mir heran, solange die Kamera läuft; dann lasse ich los. »Pass auf, was du sagst«, sage ich zu Sandy.

»Okay, Claire«, sagt Patrick, »dein Einsatz.«

Diesen Part kriegt das Publikum nie zu sehen. Ich taste mich ins Innere der Ankylo vor. Obwohl sie ausgeknockt ist, zucken ihre Beine, als ich die Hand tief in die Kloake schiebe. Schließlich finde ich ihre Eier; perlmuttern schimmernd, dünnhäutig, immens warm.

Wir Mrs Moms wohnen alle in Hütten in einer Einfriedung, die von den Dinogehegen abgetrennt ist. Die Einrichtung ist überall identisch: jede Menge Holz und Karomuster. Ich persönlich finde es ein bisschen bieder, aber auf den Bildschirmen sieht es gut aus mit den Elchtrophäen und alten Flinten. Selbst die kritischen Online-Moms schreiben manchmal nette Kommentare über unsere Hütten.

Meine Mom mochte es gemütlich; sie sagte immer: »Ein Zuhause ist das Schönste, was es gibt.« Den Spruch hätte man sich auf ein Kissen sticken können – aber das war nie ihr Ding. Sie war keine typische Frohnatur, sondern hatte sich ihre Einstellung hart erarbeiten müssen. Ehrlich gesagt war sie lange Zeit ein Wrack, nachdem mein Vater sie verlassen hatte; so wie ich nach ihrem Tod.

Abends zu Hause ruft Patrick an. »Dieser Moment am Ende hat mir sehr gefallen.« Seine Stimme ist sanft, wunderschön. »Richtig rührend, wie du Sandy umarmt hast. Ihr saht aus wie eine frischgebackene Familie.«

Wenn er solche emotionalen Wörter benutzt, geht es in Wahrheit um Reichweitenmetrik. Trotzdem frage ich mich manchmal, ob Patrick mit mir flirtet. Ich bezweifle, dass ich es merken würde: Ich habe so viele Reinfälle erlebt, dass ich meinem romantischen Urteilsvermögen nicht so richtig traue. Mols Dad zum Beispiel hatte ich für eine sichere Bank gehalten, und er ist abgehauen, bevor Mol auf der Welt war. Ihm sei das alles zu viel, hat er gesagt: Das Baby, deine tote Mom, verstehst du?

»Das hat mich auf die Idee gebracht, du könntest doch, also, ihre De-facto-Mutter werden?«

»De-facto-Mutter?«

»Hör zu, Mrs Appleton ist so gut wie raus. Sie taugt nichts. Kann Sandy nicht bei dir unterkommen? Die Fans wollen sehen, dass sie versorgt ist. Reintegriert. Es passt alles perfekt, auch mit der kranken Ankylo-Mom und den werdenden Ankylo-Babys. Das kann unsere Adoptionsfolge werden!«

»Was soll ich denn mit ihr machen?«

»Pyjamapartys! Brunch! Was weiß ich; was Mädchen eben so mögen. Du bist die Mama, du weißt es am besten. Lass sie ein paarmal bei euch übernachten. Ich sage Mrs A., sie soll ihre Sachen vorbeibringen.«

Die Mädels sitzen am Tisch und malen. Immer malen sie Einhörner, keine Dinos: mitten im Sprung, mit aufgestelltem Schweif und Wimpern wie Regenrinnen. »Magst du zum Abendessen bleiben, Sandy?«

Die Küchenkamera richtet sich auf die beiden.

»Was gibt es denn?«

So ist Sandy: geschenkter Gaul – Maul.

»Putenschlegel.«

»Okay«, sagt sie, »warum nicht.«

Nachts höre ich Toro wüten. *Groar. GROARR!* Wir kapieren's ja, will ich ihm sagen: Du bist traurig, weil du allein bist, aber kannst du uns bitte, BITTE mal schlafen lassen?!

Ich sollte längst daran gewöhnt sein, aber der morgendliche Gestank von Toros Haufen ist schrecklich. Als ich mit Haustieren gearbeitet habe, musste ich ständig würgen: Pilzinfektionen, Zysten, verstopfte Analdrüsen. Man macht sich nicht klar, was die Haut gnädig verdeckt! Sämtliche Moms hier tun so, als wäre es nicht schlimmer als eine ziemlich cremige Babywindel, aber der Gestank ist grauenhaft und bleibt an allem hängen. Ich könnte echt kotzen, aber wegen Mol tue ich so, als wäre nichts, damit sie nicht zu viel über Toro und Mrs Cooper und das alles nachdenkt.

Am nächsten Tag fahre ich zum Wasserloch, während die Mädchen in der Schule sind. Vom Ankylosaurus ist nur noch dunkler Sand geblieben. Entweder sie hat sich zum Sterben irgendwo hingeschleppt oder ist – sehr wahrscheinlich – gefressen worden. Ihr Verschwinden tut mir weh. Ich habe versagt, denke ich. Ich hätte ihr einen »sanften Abschied« verpassen sollen, mit Ketamin und Barbituraten, aber ich wollte nicht, dass Mol es mitkriegt, damit die ständigen Todesfälle nicht zum Thema werden; außerdem habe ich meinen früheren Job aufgegeben, um das nicht mehr tun zu müssen.

Irgendwann hat meine Mom mich gebeten, ihr etwas abzuzweigen.

»Das geht nicht«, habe ich gesagt, und bald war ihre Laune wiederhergestellt, und wir taten beide, als wäre nichts gewesen.

Auf meinem Tablet melde ich, dass die Ankylo sich nicht mehr bei den angegebenen GPS-Koordinaten befindet. Wahrscheinlich tot, schreibe ich dazu.

Von da an beginnt Sandy also, bei uns zu übernachten. Morgens gehen die Mädchen zum Schulhaus. Abends essen wir Putenburger und Softeis und schauen *La Fortuna*, eine historische Soap, die im sechzehnten Jahrhundert in Spanien spielt. Danach gehen sie zusammen baden. Obwohl sie dafür eigentlich zu alt sind, ist es nicht verwunderlich: Das Bad wird »neutralisiert«, wenn jemand aufs Klo geht oder sich auszieht, denn die Verträge lassen nicht zu, dass man die Kinder nackt sieht. Es ist gut, dass sie wissen, welche Orte »live« sind und welche »tot« – sonst müssten sie mit zwei Persönlichkeiten herumlaufen und wären völlig verwirrt.

Jetzt ist es Sandy, die mit Mol das Bett teilt. Ich bin ein bisschen traurig, dass ich nach dem Gutenachtsagen gehen muss, aber es ist schon in Ordnung. Wir sorgen vorübergehend für eine Waise, sage ich mir; Sandy wird hier nicht ewig bleiben. Ich habe noch nicht gesagt, dass ich die neue »Mom« bin, aber Sandy wirkt so weit ganz zufrieden.

Überhaupt frage ich mich, ob Patrick nicht recht hat. Vielleicht bin ich einfach ein Naturtalent als Mutter! Keine drei Tage ist Sandy bei mir zu Hause, und schon geht es ihr besser! Patrick ist super zufrieden mit unseren Innenaufnahmen. Und selbst wenn Sandy düster ist, bleibe ich superfröhlich und aerosoliere alle Sorgen fort. »Mrs Leiss, wenn ich Haufen von Toro sehe, frage ich mich, ob da meine Mom drin ist.« (Und ich sage: »Na komm, Sandy, sehen wir es mal positiv. Deine Mom hätte nicht gewollt, dass du unglücklich bist.«) »Aber ich will nicht wegen Toro sterben!« (»Baby, Toro ist hinter einem hundert Fuß hohen Elektrozaun.«) »Außer nachts.« (»Außer nachts«, sage ich, »aber dann sind wir es.«)

Und ich denke, vielleicht ist es nicht mal schlecht. Vielleicht mache ich mich gut als nachgerüstete Mrs Cooper. Oder besser? Mit Sandys Mom war nämlich das Ding, dass sie ständig Geld ausgab, immer mit Bergen von Spielzeug heimkam, weil es ihr leidtat, dass Sandy auf einer Dinoranch aufwuchs – was richtig dumm ist, denn wenn ihr das wirklich nicht passte, hätte sie für die Kleine einen Treuhandfonds aufsetzen sollen und hätte sich außerdem zweimal überlegen sollen, ob sie oben im Wachturm mit Patrick vögeln wollte. Ich will mit Sandy über ihre Mutter reden, aber wenn ich das tue, gehen bei ihr die Lichter aus, und ich habe Angst, dass sie schreckliche Dinge sagen könnte. *Wer?*

Weil das Thema der Folge jetzt »Verloren und wiedergefunden« lautet, soll ich die Mädchen dazu bringen, sich um die Eier zu kümmern – was mir nicht schwerfällt, weil sie sich sowieso dafür interessieren. Die Eier werden in einem Brutkasten mit schönem trockenem Heu warm gehalten. Wenn die Mädels aus der Schule kommen, reden sie mit ihnen. »Alles gut«, sagen sie. »Mama ist wieder da.« Mol singt ihnen mit niedlich schiefer Stimme Kinderlieder vor. Sie geben den Eiern Namen aus *La Fortuna*: Isabella (von Kastilien), Juana (von Portugal). Patrick findet das Videomaterial einfach perfekt. Er sagt, dass sie diesmal mit den Titelkonventionen brechen wollen; die Folge heißt »Mrs Leiss und die verlorenen Kleinen«.

Mit den drei Neuankömmlingen fühlt es sich an, als würden auch wir Nestbau betreiben.

In jeder Folge filmen wir auch Sponsoreninhalte. Meistens geht es um Essen oder Getränke, oder es werden Spielzeuge ausgepackt. Weil Kids sich besser in Kids einfühlen können, macht Mol meistens allein das Paket auf, aber diese Woche hat Patrick mich gebeten, den beiden Mädchen das Erfrischungsgetränk vorzustellen. Diese Szenen sind ein bisschen stärker choreografiert als üblich.

»Also, die hier ist mit Pfirsichgeschmack. Schmeckt ganz cool, oder?«

»Hmmm«, sagt Mol und probiert die gärig prickelnde Brause. »Wie heißt sie?«

»Kombucha.«

»Calvados?«, fragt Mol, woher auch immer sie das hat. »Calvados!«

»Sie heißt Kombucha.«

Mol ruft: »Calvados, Calvados! Ich liebe CAL.A.OS!«

»Calvados ist ein Schnaps. Das hier heißt *Kombucha*.« Ich bin ein bisschen strenger, weil es Patrick nicht gefallen wird, wenn wir Alkohol erwähnen.

Sandy schnappt sich die Flasche und trinkt daraus. »Ich liebe dich auch, Calvados!«

Mol nimmt eine weitere Flasche aus dem Kühlschrank. Sie trinken so schnell, dass sie aufstoßen müssen. *Rülps*, macht erst die eine, dann die andere. Sie taumeln wie besoffen durch die Küche.

»Es ist gut für den Bauch«, sage ich sehr ruhig. »Bringt die Verdauung in Schwung.« Das bereue ich sofort.

Mol hält sich die Flasche unter den Po. »Ich pupse Calvados!«

Sandy lacht sich kaputt, und der Blödsinn eskaliert weiter, statt sich wieder zu legen. *Rülps*; und dann *pups, pups*, Calvados, Calvados!

Das ist alles nicht verwendbar; ich muss sie unbedingt zur Ruhe bringen, damit wir von vorn anfangen können. Ich reiße die Augen auf, als hätte ich plötzlich Angst. Es dauert eine Weile, bis die Mädchen es merken (»*Rülps, pups*, Calvados!«), aber als sie hinschauen, beschleunige ich meinen Atem. Ich warte, bis ich ihre volle Aufmerksamkeit habe, und drehe mich zum Fenster, in dem sich unsere geisterhafte Familie spiegelt.

»TORO!!!«, rufe ich und zerschmeiße zur Bekräftigung einen Teller.

Die Mädchen kreischen und sehen ehrlich entsetzt aus; ich fange an zu lachen. »Nur Ei kleiner Scherz!«, sage ich und zeige auf die Dinoeier, aber Sandy rennt schon ins Badezimmer und kommt lange nicht wieder heraus.

Die Gesichter, die die beiden gemacht haben! Also echt, manchmal habe ich so viel Spaß an dieser Show.

Am nächsten Morgen ist Sandy leider wieder so suboptimal drauf wie vorher. Unsere Flitterwochen sind vorbei, und zu allem Überfluss erweist sich eins der Eier – Isabella von Kastilien, sagen sie – als Totalausfall. Die Küche ist plötzlich ein Pesthaus, der Gestank unerträglich.

Ich bitte Sandy, den Blindgänger in den Mülleimer zu werfen. Sie lässt den Fuß auf dem Pedal; ihre blassen Augen schwimmen. Als sie das Pedal loslässt, schließt sich der Deckel mit einem Glockenton, als hätte jemand einen Witz gemacht.

»Komm schon, Sandy. Für ein Spiegelei würdest du ja auch kein Gebet sprechen.«

Ihre kleinen Kiefermuskeln spannen sich an.

Ehrlich gesagt ärgere ich mich mehr über mich selbst. Jede Tierärztin würde einem davon abraten, sich zu binden. Wer einmal einen Hund verloren hat, eine Katze, ein Schaf oder ein Pferd, der kapiert, dass ein ungeschlüpftes Ei nichts weiter ist als ein Schuldschein auf die Zukunft. Das andere Ei sieht vielversprechender aus; es sind ganz leichte Bewegungen zu erkennen.

»Es tut mir leid«, sage ich zu den Mädchen.

»Was denn?«, fragt Sandy.

»Das mit dem Ei.«

»Ja, egal«, sagt Sandy und schaut zum Fenster.

Bei Patrick habe ich mich wegen des Kombucha entschuldigt, und er hat gesagt, das sei kein Problem; die Mädchen hätten bloß ein bisschen Spaß gehabt – aber ich merkte, dass das nicht ehrlich gemeint war. Stundenlang war Sandy nach meinem Scherz nicht aus dem Bad gekommen. Jetzt hat sie dunkle Ringe unter den Augen. Vielleicht hat Toro sie wach gehalten. Er war letzte Nacht ganz besonders lebhaft (GROAR, GROAR; *knirsch, knirsch*), was nach dem Scherz schlechtes Timing war.

Mir gefällt es überhaupt nicht, dass Sandy bei Mol im Bett schläft, wenn sie sich nachts nur herumwälzt.

»Bist du müde, Mol?«, frage ich und streiche ihr übers Haar. »Du siehst müde aus.«

»Nein«, sagt sie.

Ich überlege, Sandy unten auf das Bettsofa zu verlagern.

»Das ist so scheiße«, sagt Sandy, und ihre Augen glitzern. Sie schaut sich im Zimmer um, als sähe sie das alles zum ersten Mal. »Das ist noch schlechter als vorher.«

Im Studium haben wir gelernt, dass Laborrattenbabys ihre Körpertemperatur nicht mehr halten können, dass sie kaum schlafen und einen konstanten Ultraschallschrei ausstoßen, wenn man ihnen die Mütter wegnimmt. Das versuche ich, im Umgang mit Sandy im Kopf zu behalten – vielleicht braucht sie einfach noch Zeit, so wie ich damals. »Hey, hey. Wie soll denn so eine Einstellung weiterhelfen, Sandy?« Ich ziehe sie an mich, aber es fühlt sich nicht richtig an, also küsse ich ihr den Scheitel als Zeichen, dass die Sache abgeschlossen ist.

»Äh, könntest du das lassen?«, sagt Sandy. »Du hast echt Mundgeruch.«

Mol beobachtet, wie ich reagiere, aber ich lasse mich sicher nicht von einer Elfjährigen provozieren, die noch in dem Wahn lebt, sie könnte Bacon zum Frühstück essen und sich dann dermaßen über ein Ei aufregen. Außerdem habe ich genug Schädelbasistumoren bei genug Hunden gesehen, dass ich mich frage, ob Sandys Verhaltensänderung limbisch bedingt ist.

»Was ist denn in dich gefahren? Wir hatten es doch so nett miteinander.«

»Ja, *hatten*«, sagt sie.

Sandys Energiefeld ist heute zu einhundert Prozent negativ, und ich spüre, wie ich seinem Sog nachzugeben beginne, aber das ist eine Richtung, in die ich absolut nicht mehr zu gehen bereit bin. »Wollt ihr noch Calvados?«, frage ich und hole eine Flasche aus dem Kühlschrank.

»Nein«, sagen sie beide synchron.

Nach der Schule sind die Mädchen hinter dem Haus und wühlen im Dreck. Ich schaue in den Mülleimer; Isabella ist nicht mehr da. Einen schrecklichen Moment lang muss ich daran denken, wie ich die Kleidung meiner Mutter aus dem Krankenhaus mitgenommen und auch in den Müll geworfen habe.

Die Mädchen tragen Mantillen aus Spitze: Sie sehen aus wie die Frauen der Konquistadoren. Fast muss ich lachen; sie wirken richtig, als wären sie auf Pferden herbeigeritten. Singen sie? Skandieren sie? Begraben sie tote Krieger? Als sie hereinkommen, sind ihre Augen gerötet.

»¿Qué occure?«, frage ich, aber sie antworten nicht und gehen direkt in Mols Zimmer.

»Hey«, schreibe ich Patrick.

Drei Punkte, die wieder verschwinden. Ich bin ziemlich sicher, dass er noch sauer ist wegen der Sache mit dem Kombucha, auch wenn er es bestreitet. Dass er auf mich sauer ist, macht mich sauer auf Sandy. Während ich auf Antwort warte, bereite ich das Bettsofa vor. Ich frage mich, wie hier unten die Akustik sein wird, jetzt, wo Toro so nah ist.

»Ihr seid bald mit dem nächsten Dreh dran«, schreibt Patrick schließlich. Das ist die Sprachregelung für einen Dreh mit Toro. Vielleicht die Strafe für die vergeigten Sponsoreninhalte.

»Okay«, schreibe ich zurück.

In den Kommentaren zu den Toro-Szenen stellen die Moms immer die Frage, wie ich es über mich bringe, Mol solchen Gefahren auszusetzen. Sie wissen ja nicht, dass ihr in vier Jahren nie mehr passiert ist als ein Tag ohne Wasser, ein paar Zeckenbisse, ein Anflug von Sonnenstich. Ich sehe das so: Autofahren – extrem gefährlich! Wahrscheinlich das, von dem die größte Lebensgefahr ausgeht. Und trotzdem tun wir es alle, die ganz Zeit. Toro: extrem gefährlich. Aber der Jeep ist vermutlich schlimmer.

Außerdem glaube ich, dass diese Kritik von genau den Eltern kommt, die ihre Kinder unsere Show außerhalb des Kinderportals anschauen lassen. Eine Freundin hat mir einmal erzählt, dass der Algorithmus nach dem Staffelende irgendwas Pornografisches aufgerufen hat. Was soll ich sagen – Gefahr ist relativ. Schaut uns im

Kinderportal, sagen wir wieder und wieder, aber Mom hängt schon am Handy und postet Fotos ihrer Kinder auf Instagram oder Facebook.

Als wir nach Eden Park kamen, war Mol von der Fauna auf der Ranch begeistert: überall gewaltige Dinos, grellbunt, wie in Wachsmalfarben getaucht. Ich selbst war froh, dass ich als ihre Mom endlich die richtige Entscheidung getroffen hatte. Jetzt konnte ich den ganzen Tag mit ihr verbringen. Sie war sogar Teil meiner Arbeit.

In der Tierklinik hatte ich Zwölf-Stunden-Schichten geschoben und Mol nur abends kurz gesehen. Außerdem tat ich nichts anderes, als Tiere einzuschläfern – den ganzen Tag Schoßhündchen zu erlösen, das war *Consummatum Est* rund um die Uhr. Na jedenfalls, deshalb gab ich die Haustiere auf und kam hierher.

Ja, in den ersten Tagen, bei Ausfahrten im Jeep unter einem kobaltblauen Himmel, der harte Schatten warf, dachte ich immer wieder: Das ist mein Leben?! Für das Fernsehen hatte ich mich nie für schön genug gehalten, und Tierärztinnen waren in Realityshows nicht sonderlich gefragt. Aber als wir hier ankamen, begriff ich, dass wir für diesen Ort geschaffen waren. Mol begann aufzublühen. Und ich auch.

Eines Tages, nach den ersten paar Wochen, machten wir ein Picknick am Wasserloch – Patrick, Mol und ich –, als eine Herde Parasaurolophus – wie Iguanodons, nur größer und niedlicher – sich näherte, um zu trinken. Der Himmel war rosa, violett; die Aufnahmen erinnerten, als ich sie später ansah, an Naturdokumentationen aus der

Serengeti. Ich schaute zu Patrick hinüber, der im Abendlicht besonders gut aussehend wirkte, und zu Mol, und dann begriff ich, dass ich zutiefst glücklich war und dass Mol wohl der reinste Ausdruck von Anmut sein musste, den ich je zustande gebracht hatte.

Es ist die Tragödie meines Lebens, dass meine Mom sie nicht kennengelernt hat. Sie starb, als ich schwanger war, und der Geruch auf der Chemo-Station – wie etwas Feuchtes, aber auch Durchgeschmortes – war so schlimm, dass er Übelkeit auf Übelkeit häufte. Ich hielt es nicht bei ihr aus, aber als sie starb, konnte ich es nicht ertragen, dass sie nicht mehr da war. Ich verbrachte viel Zeit damit, unglücklich zu sein, und ich glaube, das strahlte ich auch aus, was Mol gegenüber nicht gerade fair war.

Bei unserem Umzug nach Eden Park traf ich eine bewusste Entscheidung. Genug war genug. Keine Zwölf-Stunden-Schichten mehr, keine einsame Mol; keine zentrifugale Mutter-Tochter-Trauer. Eden Park war ein Paradies, und mir ging es erheblich besser.

Die folgende Woche über bleibt Sandys negative Energie ein Thema, und Mol beginnt auch zu schmollen. Wenn Mol etwas nicht gefällt, findet sie es jetzt »talgig«, und wenn ich ihr einen Gutenachtkuss gebe, sagt sie: »Äh, könntest du das lassen? Du hast echt Mundgeruch.«

Das einzig Gute an der ganzen Sache ist, dass Patrick ständig mit mir kommuniziert. Manchmal lausche ich seiner Stimme und kann verstehen, dass Mrs Cooper nachts ohne Gewehr die Ranch durchquert hat. Manchmal glaube ich, dass er kurz davor ist zu sagen: Claire, willst du nicht auf ein Glas Cabernet vorbeischauen? Es ist so einsam hier oben.

Er sagt, ich soll ihre Stimmung heben. Die Aufnahmen sind verheerend, sagt er: Die Zuschauer wollen weder Sandys traurige Visage sehen, noch sollen sie daran erinnert werden, dass ihre Mutter vom Spitzenräuber des Parks hinuntergeschlungen wurde.

Aber ehrlich gesagt komme ich nicht weit, und bald redet keine der beiden mehr mit mir. Jeder Morgen habe ich ein *Begräbnis* in der Küche. Kein einziges Wort! Wollt ihr Toastbrot, Mädels? Cheerios? Pop Tarts? Croissants? Huevos Rancheros? Wollt ihr überhaupt irgendwas von dem Essen, für das ich mich *abgerackert* habe, um euch glücklich zu machen?

Nichts.

Ich sage mir: Das ist eine Phase. Eine Phase, Claire! Das kann man nur aussitzen, und die Sache mit Kindern ist ja, dass sie so *elastisch* sind. »Die werden schon wieder«, hätte meine Mom gesagt. »Gib ihnen einfach Zeit.«

Stattdessen gibt es bald noch ein neues Problem: Juana von Portugal wird grün. Im Ei baut sich Spannung auf; seine Haut wird straff. Es stinkt. Und noch schlimmer ist, dass die Mädchen so tun, als wäre gar nichts. »Juana ist so süß!«, sagen sie zueinander. »So ein niedlicher Ankylosaurus.«

Faulendes Albumen kann fünf, sechs Fuß weit spritzen. Es steckt Kraft dahinter, wie wenn die Fruchtblase platzt – was in etwa dasselbe ist, oder? Wenn sie Juana in die Hand nehmen, habe ich Angst, dass sie alles in die Augen bekommen könnten.

Ich schreibe an Patrick. »Ist das längerfristig? Dass Sandy bei uns wohnt?«

Keine Antwort.

Ich habe immer gedacht, Sandy würde nach einer Zeit irgendwo anders hin »befördert« werden.

Ich gehe Mrs Appleton besuchen. Unterwegs höre ich im Pflanzenfressergehege einen Sauropoden muhen. Es ist ein schönes Geräusch. Religiös, richtig abrahamitisch. Das sind majestätische Tiere. Früher einmal sind Mol und ich mit dem Jeep um ihre Beine gekreist.

Mrs Appleton raucht auf ihrer Veranda eine Zigarette. Ochsenfrösche gesellen sich zu den Zikaden, aber Toro ist nicht zu hören; noch nicht.

Ich sage ihr, dass es vielleicht besser wäre, wenn Sandy wieder bei ihr wohnen würde.

»Ich kann sie nicht dazu zwingen«, sagt Mrs Appleton und zuckt mit den Schultern.

Sie wirkt etwas weggetreten, und ich frage mich, wovon. Alle Tierärztinnen, die ich kenne, zweigen sich ein bisschen was ab, aber wie Mrs Appleton die richtige Menge Gabapentin abmessen kann, wenn die Einzeldosis für einen sechzig Tonnen schweren Brachio gedacht ist, bleibt mir ein Rätsel. Angeblich war sie mal eine fromme Christin, aber damit war es vorbei, als ihre Tochter sie verließ und den Kontakt zu ihr abbrach.

»Weißt du, ob Sandy andere Verwandte hat?«

»Eine Tante, glaube ich. In Westville?«

Ich spähe durch den Zaun. Ich frage mich, ob schon ein Paar glühender Augen auf uns zuhält. Mrs A. drückt ihre Zigarette auf dem Holz aus.

»Pass besser auf«, sage ich, »wegen Brandgefahr.«

»Du meinst, *das* wird uns zum Verhängnis?« Mrs Appleton legt sich rücklings auf ihre Veranda. Sie hat so eine konzentrierte Einsamkeit an sich, und ich ahne, dass sie Sandy niemals zurücknehmen wird. Ja, Sandy wird für immer zu mir gehören.

Mrs Appletons Nasenflügel flattern und saugen einen neuen Geruch ein, der mit der Brise heranweht. »Ich schwöre dir, manchmal ist er wie ein Aphrodisiakum, dieser Gestank.«

Und sie hat nicht unrecht, denke ich: tief drinnen dieser Hauch von Trüffel.

Und dann, Jesus Christus!, dann verteilt sich Juana von Portugal mit einem *Platsch* im Heu. Der Gestank ist fürchterlich. Ich frage die Mädchen, ob sie ihr komisches Begräbnisding im Garten machen wollen – ich könne ihre Kostüme rausholen, sage ich –, aber Sandy wirft Juana einfach in den Müll. Mol zuckt zusammen.

»Es tut mir leid, dass ich es nicht geschafft habe, es am Leben zu erhalten«, sage ich. »Das tut es wirklich. Aber es ist eine Menge im Spiel, auf das ich keinen Einfluss habe.«

Sandy schaut auf ihr unberührtes Toastbrot.

»Du bist traurig wegen der Sache mit dem Ei«, sage ich. »Das kann ich gut verstehen.«

»Nein, kannst du nicht«, sagt Sandy. »Ich weiß, dass die Ankylo auch tot ist. Ich hab's auf deinem Tablet gelesen.«

»Mom?«, fragt Mol erschrocken. »Ist das wahr?«

»So was kommt vor, Sandy«, sage ich.

»Nein, so was kommt *hier* vor.« Sie wendet sich an Mol, die schon verängstigt genug aussieht. »Würdest *du* deine Tochter auf einer Dinoranch aufwachsen lassen, Mol? Wo du jeden Moment …«

»Genug jetzt! Mol, geh auf dein Zimmer.«

»Nein.«

»Sofort.«

Sie protestiert, aber irgendwann sieht sie es ein. Ich selbst behalte die Beherrschung, obwohl der Gestank des Eis ultra Übelkeit erregend ist; außerdem verrotten draußen auf dem Feld gewaltige Toro-Haufen, was einem allein schon Tränen in die Augen treibt.

Ich schalte die Küchenkamera ab.

»Was tust du da?«, fragt Sandy nervös.

»Okay, Sandy, was ist hier der Plan? Soll ich Patrick sagen, dass du nicht mehr mitspielst? Dass du doch kein Starpotenzial hast? Er ist schon wegen dem Kombucha sauer. *Willst* du überhaupt hier sein?«

»Was bleibt mir denn übrig?«

»Eine Menge, eine ganze Menge! Deine Tante in Westville zum Beispiel, die nimmt dich bestimmt bei sich auf.«

Sandy vergräbt das Gesicht in den Händen. »Das hier ist alles, was ich je hatte.«

»Dann mach mit. Oder tu so.«

»Wie denn?«

»Wir sind glücklich hier. Okay? Du verdirbst es uns alles.«

»Ich *verderbe* alles?«

»Ja! Ja, das tust du!«

Sandy kneift die Lider zusammen. »Du bist ein Dinosaurier, Mrs Leiss.«

»Also bitte. Es tut mir leid um Isabella und Tiana.«

»Juana.«

»Meinetwegen.«

»Aber um mich tut es dir nicht leid«, sagt Sandy. »Was soll *ich* hier tun? Mit euch? Mit alldem hier? Mit diesem Ding da draußen?«

Ich habe nicht die Kraft, sowohl die alleinerzogene Mol als auch Sandy zu therapieren: Das, denke ich, ist nicht meine Bürde. Und dann – perfektes Timing – stößt Toro genau in dem Moment ein gehässiges Gebrüll aus. Normalerweise schläft er tagsüber, und wenn er jetzt so aktiv ist, dann werden wir heute in seinem Gehege drehen. Ich frage mich, ob ihm Sandys Geruch dann bekannt vorkommt.

Ohne Vorwarnung kotzt Sandy auf ihren Teller. Beide Mädchen essen seit Tagen nichts mehr, also fasse ich es kaum, dass da überhaupt etwas hochkommt. Von dem Geruch wird auch mir schlecht, aber diese Ansteckungskette muss unterbrochen werden, also werfe ich Sandys Teller in den Müll und bringe den Beutel zur Tonne.

Draußen ist es schwül. Trotzdem atme ich in tiefen Zügen, um den Kopf freizubekommen. Sandys Leid, ihre Gefühle – es ist alles zu viel.

Mrs A. sitzt auf ihrer Terrassenschaukel. »Heute ist der große Tag!«, ruft sie.

»Ganz genau!«

»Viel Glück!«, sagt sie. »Er klingt schon ganz enthusiastisch!«

Ich winke ihr zu und gehe rein.

Sandy steht noch genau an derselben Stelle. Ich frage mich, ob um sie herum dieser Ultraschallschrei wabert, den auch ich so lange nach dem Tod meiner Mutter von mir gegeben habe.

Das nächste Gebrüll von Toro lässt Sandys ganzen Körper erschauern. Ich weiß, was sie von mir möchte. Auch Patrick will das von mir: dass ich sie annehme, ihr sage, dass sie zu mir gehört. Aber ich kann nicht, und ich will nicht.

Das Funkgerät im Arbeitszimmer knistert. »Claire?« Es ist Patrick.

Sandy ist sehr blass. »Warum ist Toro schon draußen?«

»Claire? Bitte kommen. Ihr seid dran.«

Ich will drangehen, aber Sandy hält mich am Arm fest. Ihre Hand ist klein und sehr kalt. »Ich hab's nicht so gemeint«, sagt sie. »Was ich vorhin gesagt habe. Bitte, es tut mir leid.«

»Danke, Sandy, dass du dich entschuldigst.«

»Ich muss nicht mit, oder? Ich kann nicht mit Toro drehen«, sagt sie. »Ich kann's einfach nicht, Mrs Leiss.«

»Das liegt bei dir«, sage ich, denn es liegt immer bei uns, oder, wie wir mit dem Schmerz umgehen? »Es liegt bei dir. Es ist wie immer zu hundert Prozent deine eigene Entscheidung.«

Sandy schaut mich an mit gefluteten Augen.

»Also«, sage ich. »Was darf es sein?«

Dank

Mein Freund Andrew Cowan hat mir beigebracht, wie man eine Geschichte schreibt, und, was noch wichtiger ist, er hat mir beigebracht, *diese* Geschichten zu schreiben. Ich kann ihm nicht genug dafür danken.

Ein Riesendank geht an meine unvergleichliche Agentin Cathryn Summerhayes – du bist eine Naturgewalt! Und du bist immer für mich da. Herzlichen Dank an Rebecca Gradinger und Sarah Fuentes von Fletcher und Co/UTA. Dankbar bin ich auch dem Team von Curtis Brown UK: Georgie Mellor, Jazz Adamson, Annabelle White und Jess Molloy.

Francesca Main danke ich für die stete Unterstützung und ein großartiges Lektorat meiner Texte. Ich hätte es gar nicht besser treffen können! Ich danke stellvertretend für das ganze Orion-Team Aoife Datta, Yadira Da Trindade, Susie Bertinshaw, Jake Alderson und Sandra Taylor. Insbesondere geht mein Dank an Dan Jackson, der für das Originalcover den Geist von Nora Ephron heraufbeschworen hat.

Vielen Dank an Katherine Nintzel von Morrow und Clara Sondermann von Nagel und Kimche, die sich in den USA und Deutschland so enthusiastisch für mich eingesetzt haben.

Jonathan Beckman, Yan Ge, Kathleen McCaul Moura und Ben Pester danke ich für ihre Rückmeldungen zu meinen frühen Entwürfen; ebenso dem Creative-Writing-Institut der UEA und meinem »Hexenzirkel«. Sarah Hall bin ich dankbar für ihren Enthusiasmus bei meiner Annäherung an die Erzählung als Textform.

Ich danke den Regisseur:innen Klaudia Reynicke und Chris Andrews, die ihre Expertise zu »Dracula im Filmtheater« beigesteuert haben. Carla MacKinnon und Greg Buchanan haben mich für »Lesley in Therapie« in Sachen Spielentwicklung beraten, Gabri Liotta und Julia Lubomirska die italienischen und französischen Passagen geprüft.

Jonathan Calascione danke ich für seine Förderung meiner Kreativität aus einer anderen Welt heraus.

Ich danke den *freghi* der Civitella Ranieri Foundation in Umbrien, wo ich sechs Jahre später als geplant an diesem Buch habe arbeiten dürfen.

Meine Liebe und Dankbarkeit gilt meiner Familie: Pamela, Michael und Katherine Wood; Hannah Nixon, Alaina Wong und Eve Williams. Und meiner anderen Familie: Philippa, Fran, Gabi und Letitia Harkness. Für immer unvergessen: William.

Last but not least danke ich meinen Lieben – Ed, Joanie und Ari.

Diese Geschichten handeln nicht von euch, versprochen.